투신
강태산

투신 강태산 4

박선우 장편소설

초판 1쇄 찍은 날 § 2016년 11월 23일
초판 1쇄 펴낸 날 § 2016년 11월 30일

지은이 § 박선우
펴낸이 § 서경석

편집책임 § 이창진

펴낸곳 § 도서출판 청어람
등록번호 § 제387-1999-000006호
등록일자 § 1999. 5. 31
어람번호 § 제1-2572호

주소 § 경기도 부천시 원미구 부일로 483번길 40 서경B/D 3F (우) 14640
전화 § 032-656-4452 팩스 § 032-656-4453
http://www.chungeoram.com
E-mail § chungeorambook@daum.net

ISBN 979-11-04-91066-1 04810
ISBN 979-11-04-90979-5 (세트)

투신 강태산

박선우 장편소설

FUSION FANTASTIC STORY

투신
강태산

CONTENTS

제1장
서로 다른 꿈

최유진은 경기를 지켜보며 두 손을 붙잡은 채 한시도 눈을 떼지 못했다.

강태산과 만난 것은 이제 세 번뿐이었다.

그와의 첫 만남은 결코 유쾌하지 못했고 나머지 만남 역시 인터뷰를 위한 것이었지 사적인 감정은 조금도 담겨 있지 않았다.

하지만 그가 입장할 때 일본 관중들의 야유 소리를 들으며 자신도 모르게 화가 솟구치는 걸 참을 수 없었다.

자신들이 필요할 때는 이웃 나라라고 떠들더니 막상 이렇게 링에서 만나게 되자 죽이라는 소리를 일본 관중들은 한목소리로 외치고 있었다.

수많은 관중에게 이런 야유와 욕설을 들으면 기가 죽어야 정상인데 강태산은 전혀 그렇지가 않았다.

당당한 모습으로 옥타곤에 오른 그는 태극기를 왼손에 든 채 늑대 울음 같은 일본 관중들의 야유를 완벽하게 무시하고 끝까지 링을 돌았다.

가슴이 아팠을 것이다.

전사가 되어 링에 오른 선수에게 쏟아지는 야유는 수많은 시간을 고통 속에서 보낸 강태산의 가슴을 서늘하게 만들었을 게 분명했다.

반대쪽 통로에서 요시다가 들어오는 걸 본 일본 관중들에게서 요요기경기장을 부숴 버릴 것 같은 함성이 울려 퍼졌을 때도 최유진은 묵묵히 서 있는 강태산을 바라봤다.

어떻게 저리 침착할 수 있을까.

그동안 보이지 않았던 강태산의 모습이 새삼스럽게 눈을 통해 가슴으로 들어왔다.

정말 잘생긴 얼굴이었다.

하지만 그녀의 가슴을 압박해 온 것은 야유하는 관중들 속에서 당당한 모습으로 서 있는 남자로서의 뜨거움이었다.

시합이 시작되고 강태산이 밀릴 때 최유진은 가슴이 떨려서 어떤 말도 하지 못했다.

금방이라도 쓰러질 것 같은 모습.

기자석에 앉았기에 시합하는 장면이 바로 코앞에서 움직이고 있었다.

강태산은 시합이 시작된 후 한 번도 펀치를 뻗지 못하고 요시다의 강력한 공격에 쩔쩔매며 힘들어했다.

제발 힘을 내달라고 빌었다.

좋지 않았던 강태산에 대한 감정은 어느새 요요기경기장을 가득 채운 함성 속에 묻혀 버렸고 오직 강태산이 이겨주기를 바라는 마음만 남았다.

그러나 그녀의 바람은 시간 속에서 헛되이 맴돌 뿐이었다.

일본 관중들의 함성이 커질수록 그녀의 희망은 점점 줄어들어 갔다.

속은 새카맣게 타 들었고 꼭 잡은 두 손에는 진땀이 쉴 새 없이 흘러나왔다.

그러던 한순간.

정말 거짓말처럼 강태산이 힘을 내기 시작했다.

처음에 그녀는 믿지 못했다.

그저 어쩌다가 주먹을 냈을 뿐이라고 생각했다.

하지만 강태산의 펀치에 요시다가 점점 밀리는 걸 확인하자 자신도 모르게 자리에서 일어났다.

그러고는 미친 듯이 소리를 치며 강태산을 응원했다.

이겨줘, 꼭 이겨주세요.

마침내 요시다가 링에 길게 쓰러졌을 때 그녀의 눈에서 눈물이 흘러나왔다.

사람은 너무 기뻐도 눈물이 나오는 모양이었다.

주변에 있던 일본 기자들이 그녀를 향해 잡아먹을 듯 눈을 부릅떴지만 그녀는 아랑곳하지 않았다.

너희들도 요시다를 미친놈들처럼 응원했잖아.

나도… 나도 강태산이 이기기를 간절히 응원하고 있었으니까 이렇게 해도 괜찮아.

요시다를 쓰러뜨린 강태산은 세컨드들이 가지고 나온 태극기를 번쩍 들어 올린 채 얼음처럼 굳어버린 일본 관중을 오연하게 바라보고 있었다.

그 모습에 최유진은 눈물을 닦지 못하고 그저 한없이 강태산을 바라볼 뿐이었다.

*　　　*　　　*

"만세!"

김윤석과 김환석이 동시에 만세를 불렀다.

그동안 끊임없이 번갈아가면서 강태산을 욕하던 두 형제는 강태산이 공격을 하는 순간부터 텔레비전에 달라붙어 소리를 지르더니 기어코 요시다가 바닥에 쓰러져서 일어나지 못하자 만세를 외쳤다.

그러고는 서로 부둥켜안고 미친 사람들처럼 웃었다.

"아이고, 이게 무슨 일이래. 우리가 꿈꾸는 거 아니지?"

"그럼 그렇지. 강태산이 누군데 저런 놈한테 지겠어. 푸크크크."

동생의 물음에 김윤석은 대답 대신 세상에서 들어보지 못했던 이상한 웃음을 흘려냈다.

그는 얼마나 기뻤던지 바닥을 뒹굴어 댔는데 간절히 원하던 것을 얻은 어린아이처럼 보일 지경이었다.

"형, 그만 일어나 봐. 저기 펀치 유효수 봐라. 그렇게 많이 공격당했는데도 펀치 유효수는 무려 5배나 차이가 난다."

"어디, 어디?"

벌떡 일어난 김윤석이 텔레비전에 나오는 유효 타수를 확인하고 믿기지 않는다는 표정을 지었다.

화면에는 57 대 11이라는 숫자가 명확하게 찍혀 있었다.

"그렇다면 정말 강태산이 일부러 방어만 했다는 거잖아. 확실하게 죽여 버리려고?"

"그런 거지."

"저놈 정말 대단하다. 세컨 쪽에서 철저하게 준비한 모양이야. 우린 그것도 모르고 욕을 해댔으니 미안해 죽겠네."

"강태산 저놈, 끝까지 태극기를 들고 있어. 자식, 정말 멋지다."

"내가 수많은 격투기를 봤지만 이런 경기는 처음이다. 이번에도 오늘의 파이트는 당연히 강태산이 차지하겠어."

"당연한 거 아냐. 저런 경기를 누가 해. 저놈 아니면 절대 못 한다는 데 내 재산 전부를 건다."

"몇 푼이나 된다고."

"제법 있거든. 그러는 형은 얼마나 많아서."

"우리 서로 아픈 데는 건들지 말자. 인터뷰하네."

김윤석의 말대로 심판이 강태산의 승리를 확인시키고 나서 곧바로 인터뷰가 시작되었다.

인터뷰를 담당하고 있는 민대머리의 화이나 삭스는 이제 UFC의 명물 중 하나가 된 사람이었다.

강태산의 인터뷰는 훌륭한 시합이었다는 찬사와 함께 경기에 대한 몇 가지 질문이 이어졌고 마지막으로 다음 일정에 대한 것이 나왔다.

두 형제는 그 대목에서 귀를 쫑긋 기울인 채 강태산의 입을 바라보았다.

가장 궁금했던 내용이었다.

사람들의 예상을 언제나 빗나가게 만드는 강태산이 이번에는 어떤 말을 할지 정말 미치도록 궁금했다.

이윽고 질문을 들은 강태산의 입이 열렸다.

"나는 맥도웰과의 타이틀전을 원합니다. 언제 어디서든 그가 원하는 대로 싸울 준비가 되어 있으니 그와의 대전을 성사시켜 주십시오. UFC 역사상 가장 화끈한 경기를 보여 드리겠습니다."

두 형제는 텔레비전에 시선을 고정시킨 채 움직이지 못했다.

강태산은 인터뷰를 마치고 자신의 코너로 돌아서 사진기자들에게 포즈를 몇 번 취해준 후 옥타곤을 내려가고 있었다.

꼼짝하지 않던 두 형제 중 입을 연 것은 김윤석이 먼저였다.

"환석아, 나는 꼭 재 말처럼 되면 좋겠다."

"이제 3전밖에 치르지 않았는데 가능할까?"

"UFC에서는 3전이지만 MMA 전적은 14번이나 싸웠잖아. 더군다나 모두 KO승이라고. 이런 놈이 어디 있냐. 거기다 상위 랭커를 두 놈이나 잡았으니 자격은 충분하지 않아?"

"그렇긴 하지만 UFC 측에서 어떻게 나올지 모르겠어. 그놈들 타이틀전은 까다롭게 선정하는 것으로 유명해. 그리고 무엇보다 맥도웰의 의지가 중요할 거야."

"맥도웰이 왜?"

"아직 풋내기라고 생각하지 않을까?"

"지랄하고 있네."

"하여간 기다려 봐야지. 정말 성사된다면 이건 완전히 빅 이벤트다. 아휴, 생각만 해도 살 떨리네."

"아, 그 시간을 어떻게 기다리냐. 시합이 성사된다 해도 걱정이네. 난 타이틀전이 성사되면 조바심 나서 죽을지도 몰라."

"형, 약 먹어라. 얼굴이 벌게졌어. 아무래도 혈압 많이 올라온 거 같아."

*　　　*　　　*

JYN 스포츠 국장은 스튜디오 밖에서 중계방송을 지켜보다 강태산이 화끈하게 요시다를 때려눕히자 자신도 모르게 만세를 불렀다.

그런 후 스튜디오를 빠져나온 김숙영을 향해 손을 내밀어 악수를 청했다.

마음 같아서는 끌어안고 싶었지만 그는 보는 눈 때문에 그렇게 하지를 못했다.

김숙영은 악수를 청해온 국장의 손을 잡은 후 방긋 웃었다.

그동안의 압박을 단숨에 벗어던진 화려한 웃음이었다.

"국장님, 축하드려요."

"너도 수고했다."

"시청률이 9%를 찍었어요. TCN에서 방송했던 저번 경기보다 2%가 더 나왔어요. 한마디로 대박 났어요."

"푸하하하… 격투기 중계로 9%라니 정말 믿어지지 않는구만."

김숙영의 말에 국장이 호탕한 웃음을 흘리며 스튜디오에 들어 있는 김세형과 신치현을 바라보았다.

아직도 그들은 흥분을 가라앉히지 못했던 듯 연신 물병을 입으로 가져가는 중이었다.

결과도 끝내줬지만 두 앵커와 해설자도 오늘따라 굉장했다.

일부러 그런 것이 아니라 저절로 우러나온 멘트와 해설이었기 때문에 시청자들은 그들의 말에 따라 울고 웃었을 것이다.

국장의 표정이 슬그머니 변한 것은 스튜디오에 있는 두 사람이 다음 경기를 중계하기 위해 원고를 정리하고 있을 때였다.

"김 기자, 중계방송은 대박 났는데 결국 TCN에서 숟가락 올리는 걸 막지 못했다. 네 생각에는 강태산이 왜 그러는 것 같냐?"

"최유진… 휴, 아무래도 그 사람은 최유진과 무슨 관계가 있는 모양이에요. 그 사람이 머무는 호텔에서 이틀 동안 꼼짝도 하지 않고 지켰지만 결국 인터뷰를 따지 못했어요. 저만 그런 게 아니에요. 수많은 기자들이 마찬가지였는데 최유진 걔는 버젓이 인터뷰를 땄단 말이죠. 아무리 생각해도 두 사람 사이에 뭔가 있는 것 같아요."

"그러니까 그게 뭐냐고?"

"그건……."

"혹시 최유진이 몸 보시라도 해준 거 아냐? 그년 잘빠졌으니까 그걸로 보상받는 거 아닐까?"

"설마요. 사주 아들이 찝쩍였다가 봉변당한 거 잘 아시면서 그러세요."

"그럼 도대체 뭐야?"

"저번에 만났을 때 언뜻 다른 방법을 썼다고 하더군요. 하지만 그게 뭔지에 대해서는 말하지 않았어요."

"방법이 있긴 있다는 뜻이구만."

"…네."

"그렇다면 김 기자가 못 할 일도 아니겠지. 최유진은 하는데 김 기자가 못 한다는 건 말이 되지 않잖아!"

"국장님……."

"봤지. 시청률 대박 나는 거. 그런 마당에 인터뷰를 또 최유진만 딴다면 우린 어떻게 되겠나. 난 여전히 김 기자를 믿는다. 그러니까 무슨 수를 쓰든 그놈 인터뷰 따 와. 이번에도 그냥 돌아오면 나 정말 돌아버릴지도 몰라."

*　　　*　　　*

강태산은 요시다를 묵사발 내고 옥타곤에서 내려와 천천히 대기실로 향했다.

그를 바라보는 일본 관중들의 시선은 마치 필생의 원수를 보는 것처럼 일그러져 있었다.

그럼에도 강태산은 오직 앞만 보며 당당하게 걸었다.

안다, 그들의 마음을.

자신들의 영웅을 비참하게 쓰러뜨린 자에게 보내는 적의는 어쩌면 당연한 것이었다.

그러나 그들은 알까?

그 옛날 명성황후를 갈갈이 찢어 불태웠을 때 대한민국 국민들이 느껴야 했던 분노를 말이다.

"씨발놈들이, 째려보면 어쩔 거야!"

오히려 김만덕이 아직까지 흥분을 감추지 못하고 일본 관중들의 시선에 맞대응을 하면서 중얼거렸다.

그는 시합이 끝나자 마치 미친놈처럼 옥타곤을 방방 날아다녔는데 워낙 덩치가 컸기 때문인지 링이 쿵쿵 울릴 정도였다.

UFC의 부회장 제프리 조던이 문을 박차고 들어온 것은 대기실에서 옷을 갈아입으려 할 때였다.

그 역시 흥분이 가시지 않았던지 얼굴이 붉어져 있었다.

"미스터 강, 정말 대단해. 이번 시합도 오늘의 파이트로 선정될 것 같소."

"이번에는 보너스 좀 두둑이 주세요. 세 번 연속 오늘의 파이트로 선정되면 뭐 따따블로 줘야 되는 거 아닙니까?"

"그건 내가 우리 회장님하고 상의해 보리다. 하지만 내가 강력히 주장하겠소. 당신 같은 복덩이에게는 그만한 보상을 해줘야지."

"고맙군요."

"사람들의 반응이 너무 뜨거워서 지금 난리가 아니오. 미국에서는 당신의 경기를 보고 맥도웰과 당장 붙이라는 여론이 들끓고 있소."

"붙여주시오. 나는 언제라도 싸울 테니까."

"그런데… 그게, 조금 어려울 것 같소."

"이유는?"

"챔피언인 맥도웰이 당신을 인정하지 않는단 말이오. 도전을 하고 싶다면 랭킹 1위인 휴 잭맨을 먼저 꺾으라는 전제 조건을 달았소."

"경기는 UFC 측에서 결정하는 거 아닙니까. 그자는 내가 두려운 모양이오."

강태산의 말에 제프리 조던이 풀썩 웃었다.

맥도웰은 누구를 두려워할 챔피언이 아니었다.

불패의 챔피언.

현재 라이트급의 상위 랭커들은 대부분 그에게 한 번씩 패했고 그것은 랭킹 1위인 휴 잭맨도 마찬가지였다.

그가 타이틀전에서 판정까지 간 것은 휴 잭맨이 유일했다.

타격과 그래플링의 아티스트라고까지 불리는 휴 잭맨은 저번 경기에서 아쉽게 판정패를 했는데 맥도웰은 그와의 재대전에 커다란 관심을 가지고 있었다.

자존심에 상처를 입었기 때문이었다.

사람들로부터 막강한 챔피언으로 군림하는 자신이 판정까지 간 것에 대해 그는 두고두고 아쉬움을 나타내곤 했다.

따라서, 맥도웰이 강태산과의 경기에 콧방귀를 뀌는 것은 당연한 일이었다.

이제 겨우 3전을 치른 선수와 타이틀전을 갖는다는 건 그의 자존심이 허락지 않았던 것이다.

제프리 조던은 여우였다.

실상이 그랬지만 그는 강태산에게 세부적인 이야기를 절대 하지 않았다.

"개최는 우리가 하지만 UFC에는 룰이라는 게 있소. 그 룰 중 하나는 챔피언의 의견을 최대한 존중한다는 것이오."

"그래서요?"

"우리는 최대한 빨리 휴 잭맨과의 경기를 추진할 생각이오. 미스터 강이 이기면 그때 타이틀전 일정을 잡겠소."

"정 그렇다면 할 수 없지요. 알아서 하시오. 하지만 계약서대로 경기 일정은 내가 통보하겠습니다."

* * *

강태산은 호텔로 돌아와 최유진과의 인터뷰에 응했다.

최유진은 얼마나 소리를 질렀는지 목소리가 잠겼기 때문에 꾀꼬리 같았던 음성이 갈라져서 나왔다.

"목소리가 왜 그럽니까?"

"그게……."

"혹시 나를 응원하느라 그런 겁니까?"

"맞아요."

"영광이군요. 어쩐지… 갑자기 힘이 난 게 최 기자 때문인 모양입니다."

"호호, 그렇게 생각해 주시니 고마워요."

"오늘은 뭐 살 거죠?"

"네?"

"인터뷰하는 조건으로 저녁을 사기로 했잖아요."

"아… 뭐 드시고 싶으세요?"

"만덕아!"

최유진의 질문에 강태산이 김만덕을 불렀다.

김 관장은 뭔가 이야기 하다가 강태산이 김만덕만 부르자 인상을 찡그렸다.

"형, 왜?"

"너 뭐 먹고 싶냐, 오늘 소리 많이 질러서 힘들었을 텐데 먹고 싶은 거 실컷 사준다니까 말해봐."

"크크, 나야 공짜라면 아무거나 좋다. 형이 가자는 데로 갈게."

"그럼, 불고기 어떠냐. 여기서 두 블록만 더 가면 한국 식당이 있는데 불고기 맛이 일품이야."

"소주도 있어?"

"당연하지."

"그럼 가자. 형 말대로 오늘 소리 많이 질러서 목구멍의 때 좀 벗겨야 해."

"관장님도 괜찮으시죠?"

"공짠데 뭐. 배고프다, 일단 가자."

일행이 택시를 타고 강태산이 말한 한국 식당에 도착한 것은 7시가 조금 넘었을 때였다.

승리에 대한 기쁨 때문인지 김 관장은 허리띠를 풀고 그동안 졸여왔던 가슴을 마음껏 풀어 헤쳤다.

그는 경기 내내 초긴장 상태에서 시합을 봤기 때문에 강태산이 승리했을 때 다리가 풀려 김만덕처럼 기쁨을 마음껏 누리지도 못했다.

안주 좋고, 소주 좋고. 거기에 최고의 미녀까지 합석하고 있었으니 술맛은 거의 환상 그 자체였다.

김 관장이 불쑥 입을 연 것은 강태산이 김만덕과 소주잔을 부딪치며 밝게 웃고 있을 때였다.

"강태산, 너 솔직히 말해봐. 왜 초반에 요시다한테 일방적으로 당하기만 한 거냐?"

"안 당했는데요."

"인마, 3분 동안 공격 한 번 못 했잖아. 도대체 왜 그랬느냐고?"

"영화가 성공하려면 극적인 반전이 있어야 합니다. 더군다나 주인공의 카리스마가 빛을 발해야 하지요."

"알아듣기 쉽게 말해!"

"그렇다고요. 쉽게 말하면 그놈에게 다시는 까불지 못하도록 두려움을 주고 싶었어요. 그리고 오늘의 파이트를 만들고 싶었기도 했고요. 우린 돈이 필요하잖습니까."

"미친다, 내가."

"그럼, 태산 씨, 초반에는 일부러 공격을 당한 거란 말씀이에요?"

"그렇습니다."

"어떻게 그 많은 공격을 당하면서 생생할 수 있어요? 정말 대단해요. 난 정말 무서워서 혼났어요."

"요시다의 공격은 충분히 피할 수 있을 정도였습니다."

"지금부터 인터뷰해도 돼요? 이렇게 자연스러운 것도 괜찮을 것 같은데."

"그럽시다. 대충 배도 채운 것 같으니까 부드럽게 가죠. 오랜만에 우리 만덕이도 텔레비전에 출연시켜 주세요."

"관장님한테도 질문할 게 있어요. 대답해 주실 거죠?"

"까짓것 그럽시다. 내가 텔레비전에 나가면 죽은 우리 마누라도 천당에서 기뻐할 거구만."

*　　　*　　　*

김숙영은 국장의 오더를 받은 즉시 일본행 비행기를 탔다.

이번에도 강태산을 공항에서 보기 힘들 것이란 판단이 들었다.

그는 어떤 경로로 공항을 빠져나갔는지 알 수 없으나 귀신이 곡할 만큼 아무도 눈치채지 못하게 빠져나갔다.

무슨 루트로 어떻게 움직였는지 모르겠지만 정말 대단한 은신술이었다.

동경호텔에 도착했을 때 JYN의 일본 특파원이 마중을 나와 있었다.

그는 일본에서 벌써 7년째 근무하고 있는 일본통으로 정재계는 물론이고 언론에까지 꽤 많은 인맥을 품고 있는 사람이었다.

아마, 그는 국장의 특별한 부탁이 없었다면 움직이지 않았을 것이다.

그만큼 그는 JYN이 아니더라도 충분히 먹고살 수 있을 정도로 능력이 뛰어난 사람이었다.

"정 부장님, 어떻게 됐나요?"

"최유진이라고 알죠?"

"당연히 알죠. 그런데 최유진이 왜요?"

"강태산은 그 여자와 함께 한국 식당에서 밥을 먹고 있어요. 비밀리에 호텔을 빠져나갔지만 호텔 지배인이 알려줘서 따라갔다 오는 길입니다."

"거기가 어디죠?"

"가볼 생각입니까?"

"예."

"지금 가봤자 소용이 없을 겁니다. 벌써 3시간 가까이 지났기 때문에 길이 엇갈릴 수 있어요. 차라리 여기서 기다리는 게 나을 것 같군요."

"아……."

김숙영은 급히 자신의 손목시계를 바라보았다.

10시 5분.

그의 말대로 지금 부랴부랴 가봤자 만난다는 보장을 하지 못할 시간이었다.

정 부장이라 불린 특파원은 그녀의 행동을 말없이 바라보다가 안타까운 시선을 보냈다.

방송 짬밥을 오래 먹다 보니 그녀가 겪고 있는 이런 일을 한두 번 겪어본 것이 아니다.

그랬기에 동정이 갔지만 그의 태도는 냉정했다.

"자, 내 임무는 모두 마쳤으니 나는 집에 돌아가야겠습니다. 오늘이 마누라 생일인데 국장님 부탁 때문에 지금까지 팔자에도 없는 스파이 노릇을 했어요."

"죄송해요."

"자, 그럼 수고하시고……."

특파원은 가볍게 고개를 끄덕인 후 호텔 로비를 부지런히 걸어서 빠져나갔다.

또다시 혼자다.

국장의 성화가 아니었다면 절대 그녀는 이런 짓을 하지 않았을 것이다.

강태산이 연속으로 세 번이나 UFC에서 오늘의 파이트를 이뤄냈지만 아직까지 격투기에 대한 인기가 적은 대한민국의 정서상 그런 신진을 인터뷰하기 위해 방송국의 핵심 기자가 두 번이나 일본까지 따라온다는 것은 말도 안 되는 일이었다.

그녀는 강태산이 호텔로 돌아오기를 기다리느라 호텔 로비를 벗어나지 못했다.

그녀의 아름다운 모습에 투숙객들이 힐끔거리며 지나갔으나 그녀는 눈조차 돌리지 못하고 출입문을 바라보기만 했다.

카메라맨들은 어떤 방송국이든 똑같았다.

방송 경력이 수십 년이나 되기 때문에 결정적인 순간에는 베테랑이 되지만 일이 시작되기 전까지는 편하게 퍼질러 쉬는 것을 낙으로 삼는다.

카메라맨이 커피숍으로 도망간 후 김숙영은 혼자서 로비에 앉아 40분 동안 망부석이 되었다.

심심할 때는 언제나 핸드폰을 꺼내 뉴스를 검색하든지 쇼핑 사이트를 돌아보는 게 습관이었으나 오늘은 그마저도 하지 못했다.

다른 곳에 시선을 돌렸다가 강태산을 놓치기라도 한다면

낭패도 그런 낭패가 없기 때문이었다.

강태산이 호텔 출입문을 열고 들어온 것은 그녀가 피곤함을 견디지 못하고 하품을 할 때였다.

최유진은 보이지 않았다.

대신 덩치가 남산만 한 김만덕이 김 관장을 업고 들어오는 것이 보였다.

강태산은 그들이 편하게 들어올 수 있도록 출입구를 열어 준 후 천천히 따라왔는데 김숙영이 가로막자 의아한 시선을 보내왔다.

"강태산 선수, 안녕하세요."

"누구시죠?"

"JYN의 김숙영입니다. 이번에 저희 방송국에서 강태산 선수의 경기를 중계방송했어요. 정말 대단한 경기였습니다."

"그렇군요. 만덕아, 먼저 올라가라. 관장님 잘 재우고."

"알았어, 형."

대답을 한 김만덕이 엘리베이터 문을 여는 걸 확인한 강태산이 김숙영에게 눈을 돌렸다.

그러고는 불쑥 말을 꺼냈다.

"그래, 여기까지 무슨 일이십니까?"

"강태산 선수를 인터뷰하고 싶어요."

"지금은 안 되겠군요. 나는 피곤합니다. 나중에 기회가 생기면 그때 하죠."

"강태산 선수를 만나려고 지금까지 기다렸어요. 이틀 전에도 일본에서 강 선수를 인터뷰하려고 10시간이나 기다렸지만 결국 맨손으로 돌아갔단 말이에요. 그러니까 제발 부탁해요."

"김 기자님, 지금 시간을 보세요. 11시가 다 되었습니다. 그리고 나는 오늘 시합을 마친 사람입니다."

"최유진하고는 인터뷰하셨잖아요!"

강태산이 계속해서 냉정하게 거절하자 김숙영의 입에서 결국 최유진의 이름이 나왔다.

그녀는 억울한 듯 강태산을 향해 원망의 시선을 보내고 있었다.

하지만 강태산은 여전히 냉정한 표정을 지우지 않았다.

"최 기자는 그럴 만한 이유가 있었습니다."

"도대체 그 이유가 뭐죠?"

"그건 말해줄 수 없습니다."

"누구는 인터뷰를 해주고 누구는 안 해준다는 게 말이 돼요? 공평하지 않아요."

"다시 말하지만 최 기자에게는 인터뷰에 응할 충분한 이유가 있었습니다."

"좋아요, 그럼 저도 이유를 만들어 드리죠."

"무슨 말씀입니까?"

"최유진이 그러더군요. 강태산 선수가 섹스를 좋아한다고. 같이 올라가요. 강태산 선수 정도라면 하룻밤 같이 잘 의향이 있어요."

"푸하하… 재미있는 말이군요."

*　　　*　　　*

박무현 대통령은 집무실에 앉아 신문을 꺼내 들었다.

바쁜 일정 속에서도 그는 아침이 되면 언제나 신문을 반드시 읽은 후 일정을 시작하는 게 버릇이 되어 있었다.

소탈한 성품답게 그는 다방 커피를 좋아했다.

건강에 좋지 않다면서 비서실장이 원두커피를 권했으나 박무현 대통령은 그저 빙그레 웃기만 했다.

국정원장이 100m 선수처럼 집무실을 박차고 들어온 것은 박무현 대통령이 정치면을 거의 다 읽어 내렸을 때였다.

국정원장은 급하게 소파까지 뛰어왔는데 얼굴이 잔뜩 붉어져 있었다.

평소에 침착하기로 소문난 사람이었기에 그의 얼굴을 확인한 박무현 대통령이 신문을 팽개치듯 내려놓고 자리에서 일어났다.

"대통령님, 큰일이 났습니다."

"원장님, 무슨 일입니까?"

"아무래도 북에서 사고가 터진 것 같습니다."

"사고라니요?"

"우리 아리랑 7호 위성에서 감지한 사진입니다. 보시죠."

국정원장이 사진을 내밀자 박무현 대통령이 급하게 사진을 받아 들었다.

사진에는 화려한 불꽃이 사방에서 터지는 장면이 찍혀 있었다.

"이게 뭡니까?"

"폭탄이 터지는 겁니다."

"폭탄이요?"

"저희 판단에는 어젯밤 북한에서 쿠데타가 일어난 것으로 보입니다."

"쿠데타!"

"그렇습니다."

"누가 쿠데타를 일으켰단 말입니까?"

"원기백 인민무력부장일 가능성이 90%가 넘습니다."

"으… 원기백이?"

"그자는 중국의 전폭적인 지원을 받고 있는 자입니다. 김정은은 그를 눈엣가시처럼 여겼지만 중국 때문에 숙청을 하지 못하고 있었습니다."

"그렇다면 쿠데타의 뒤에는 중국이 있다는 뜻입니까?"

"중국은 역사까지 왜곡하면서 북한을 자신들의 영토라고 주장하는 자들입니다. 김정은은 그것을 너무나 잘 알고 있었기 때문에 원기백을 포함해서 친중파를 경계해 왔습니다."

"김 위원장은 어디에 있습니까. 설마 죽은 건 아니겠지요?"

"그 사진은 어젯밤 11시에 찍은 평양의 사진입니다. 가능성은 반반으로 여겨집니다."

"어허, 큰일이군요."

"김정은이 죽으면 북한은 정말 큰일이 납니다. 친중 세력이 정권을 틀어쥐면 진짜 북한은 중국의 예속을 받게 될 가능성이 큽니다."

"말도 안 되는 일이요. 절대 그래서는 안 됩니다."

박무현 대통령의 얼굴이 점점 굳어지다가 중국의 북한 통치까지 말이 나오자 시퍼렇게 죽어갔다.

비록 한반도가 분단되어 오랜 시간이 지나왔지만 엄연히 북한은 대한민국의 한쪽이었다.

중국이 동북공정이란 터무니없는 역사 왜곡을 하면서 북한에 끊임없이 세력을 심고 있었지만 설마 이런 일까지 벌이리라고는 꿈에도 생각하지 못했다.

물론 국정원에서는 끊임없이 그 가능성을 열어두고 있었으나 세계 여론의 비난을 감안한다면 절대 결행하지 못할 거라 판단했었다.

중국.

한반도의 역사 속에서 끊임없이 침탈을 해온 나라.

그 중국이 또다시 야욕을 드러내며 북한을 핏물의 소용돌이로 몰아가고 있었다.

*　　　*　　　*

대통령이 긴급하게 소집한 국가안전보장회의가 열렸으나 결론이 나온 것은 아무것도 없었다.

당장 북한에서 어떤 일이 벌어지고 있는지에 대한 정보가 터무니없이 부족했고 섣불리 나섰다가는 남북한 전면전으로까지 치달을 수 있기 때문에 그저 갑론을박만 오고 갔을 뿐이다.

인공위성으로 체크된 북한에서는 소규모 전투가 지속적으로 벌어지고 있었으나 병력의 이동이나 대규모 포격은 관측되지 않았다.

어쩌면 당연한 일이었다.

쿠데타가 일어났다 해도 목적을 위해 인민의 생때같은 목숨을 하찮게 여기는 짓은 스스로 무덤을 향해 들어가는 짓이나 다름없기 때문이다.

문제는 북한과 근접해 위치하고 있는 중국 선양군부의 병력들이 대거 접경지로 이동하고 있다는 것이었다.

중국은 만약의 사태를 대비해서 병력을 이동시키고 있는 것이 분명했다.

박무현 대통령은 뚜렷한 결론을 내리지 못하고 있는 좌중의 인물들을 바라보며 한숨을 지었다.

자신을 포함해서 국무총리, 국방부 장관, 국정원장 등 대한민국을 이끌고 있는 대부분의 사람들이 안전보장회의에 참석하고 있었으나 현재의 사태는 그들을 꿀 먹은 벙어리로 만들고 있었다.

그랬기에 박 대통령은 무거운 목소리로 입을 열었다.

시간이 없었다.

거의 3시간이나 지속되었지만 아무런 성과조차 없는 이 회의는 빨리 끝내는 것이 현명했다.

"외교부 장관께서는 미국과의 공조를 서둘러 주세요. 아무래도 우리보다는 그들이 가진 정보가 더 많을 테니 긴밀하게 협조하시기 바랍니다. 중국의 움직임이 심상치 않습니다. 미국도 중국이 북한을 삼키는 걸 원치 않을 겁니다. 미국과 협조체제를 구축하고 중국을 견제해야 합니다……."

"알겠습니다."

"국방부 장관께서는 전군에 비상령을 내려주십시오. 만약의 사태를 대비해서 우리 군은 만반의 준비가 되어 있어야 합니다."

"데프콘 3을 발령시켜 놓았습니다. 상황에 따라 비상령을 격상시키도록 하겠습니다."

"국정원장께서는 지금 현재 급속도로 유포되고 있는 SNS의 유언비어를 차단해서 국민들을 불안에 떨지 않도록 조치하십시오. 그리고 각부의 장관들과 협조해서 공무원과 공기업들에게 비상대기 지시를 내리도록 하세요."

"바로 조치하겠습니다."

"그러면 이상으로 제1차 안전보장회의를 마치겠습니다. 상황이 바뀌면 다시 소집할 테니 여러분은 돌아가서 처리해야 할 일들을 서둘러 주시기 바랍니다."

집무실로 돌아온 대통령은 곧장 3층 서재로 향했다.

안전보장회의에서 각부의 장관들에게 시급히 해야 할 일들에 대해서 지시를 내렸으나 그것만으로는 아무것도 할 수 있는 게 없었다.

지금 가장 중요한 것은 김정은의 생사를 확인하는 것이었다. 그가 만약 살아 있다면 이 쿠데타를 무슨 일이 있어도 막아야 한다.

쿠데타의 세력 뒤에 중국이 있다는 것이 확인된 이상 북한의 쿠데타는 한반도의 운명을 결정짓는 중대 사안일 수밖에 없었다.

예상대로 정 의장은 서재에 앉아 대통령이 오기를 기다리고 있었다.

사안이 사안인 만큼 그의 얼굴도 무척 굳어져 있었는데 그는 대통령이 들어오자 자리에서 벌떡 일어났다.

"많이 기다리셨습니까?"

"아닙니다."

정 의장이 고개를 저으며 부정했으나 대통령은 예전과 달리 한마디 농담조차 건네지 못했다.

그만큼 마음이 급하다는 뜻이었다.

"의장님, CRSF에서는 지금의 상황을 어떻게 보시고 계십니까?"

"보고를 받으셨겠지만 북한 쿠데타의 세력 뒤에는 중국이 버티고 있습니다. 선양군부가 이동하고 있는 것이 그 증거입니다."

"지금 북한에서는 대규모 병력의 움직임이 보이지 않습니다. 그 이유를 알고 계십니까?"

"저희가 분석했을 때 북한의 군부가 아직까지 행동을 결정하지 못한 것 같습니다. 현재의 전투 상황은 평양을 중심으로 국지전이 벌어지고 있습니다. 전면전 상황이 아니지요."

"혹시 김정은이 죽었기 때문일까요?"

"김정은이 죽었다면 지금의 상황은 훨씬 빠르게 진정되었을 겁니다. 그는 죽지 않았을 가능성이 큽니다."

"그런데 왜 군부가 나서서 쿠데타를 진압하지 않습니까. 김정은은 북한에서 신적인 존재인데 군부가 움직이지 않는게 이상합니다."

"김정은이 북한을 통치한 게 벌써 20년 가까이 되었습니다. 그 기간 동안 경제는 피폐해질 대로 피폐해졌고 인민들의 불만은 극에 달했습니다. 그동안 김정은에게 충성을 맹세했던 군부 역시 마찬가집니다. 군부는 진정으로 김정은을 따르지 않고 있습니다. 그들은 김정은이 살아 있어도 승산을 보이지 않으면 움직이지 않을 공산이 큽니다."

"그렇다면 둘 중 누가 이기는지 관망한다는 뜻인가요?"

"그렇지요."

"어허, 이런 낭패가……."

"김정은이 진다면 북한은 친중파가 정권을 잡을 것이고 실질적인 중국의 지배하에 들어가게 될 것입니다. 어떤 일이 있어도 막아야 합니다."

"우리가 할 수 있는 게 없잖습니까?"

"일단 김정은을 살려야 합니다. 그가 살아 있다는 것이 확인된다면 군부의 일각은 분명 움직일 겁니다."

"그를 어떻게 살린단 말입니까?"

"대통령님, 청룡을 움직이겠습니다."

"청룡을요?"

"그들에게 김정은을 지키도록 해야 합니다. 김정은이 일단 살아야 이 난관을 극복할 수 있습니다."

"그들만으로 어떻게 김정은을 지킨단 말인가요?"

"잊으셨습니까. 그들은 시리아에서 수만 명의 IS 전사들을 뚫고 살아 돌아온 불사조들입니다."

"IS와 북한은 상황이 근본적으로 다릅니다. 그들의 목숨이 위험합니다."

"국가를 위해 존재하는 사람들입니다. 비록 위험하다 해도 반드시 해야 할 일이라면 가야지요."

"음……."

*　　*　　*

요시다를 꺾은 강태산의 시합은 국민들의 뜨거운 관심을 받으며 경기 동영상이 수십만의 조회수를 기록했으나 단 이틀 만에 관심 속에서 사라지고 말았다.

북한의 쿠데타설이 나돌면서 국민들의 관심이 온통 북한으로 쏠렸기 때문이었다.

공영방송을 비롯해서 이십여 개의 종편이 일제히 북한의 쿠데타 발생을 보도했는데, 정부에서 발표하지 않은 중국의 배경설까지 언급되었다.

중국이 관여했다는 내용은 외교 문제 때문에 정부의 자제 요청에 따라 금방 뉴스에서 사라졌으나 인터넷의 무궁한 효능은 실시간으로 외국의 뉴스를 접하면서 중국이 쿠데타를 일으킨 주범이라는 사실이 빠르게 퍼져 나갔다.

강태산은 일본에서 돌아와 집에서 식구들과 함께 뉴스를 보면서 무거운 한숨을 내쉬었다.

그것은 식구들도 마찬가지였다.

북한을 주적으로 여기며 백 년 가까이 보내왔으나 대한민국 국민들은 언젠가는 통일이 될 것이라 믿었고 그렇게 되기를 간절하게 희망하고 있었다.

뉴스를 보던 은영이 고개를 돌리고 빤히 바라본 것은 강태산이 커피 잔을 들었을 때였다.

"오빠, 중국 놈들이 왜 북한에서 쿠데타를 일으키는 거야?"

"중국은 동북공정을 통해서 북한을 자기네의 땅으로 기정사실화해 놓고 있어. 원조를 빌미로 북한의 자원을 엄청나게 확보했고 경제 자체를 좌지우지한 지 오래되었다."

"그럼 북한을 원조한 게 그냥 준 게 아니라는 거야?"

"그놈들은 한 번도 그냥 준 적이 없어. 지하자원을 담보로

잡고 차관을 준 거지."

"얼마나?"

"정확하게는 모르지만, 예전 북한 전문가가 말하는 걸 얼핏 들었는데 북한 지하자원의 반이 중국 손에 들어갔다고 하더라."

"우와, 미치겠네."

은영이 놀란 듯 눈을 휘둥그레 뜨자 이번에는 은정이 나섰다.

"오빠, 김정은이 있잖아. 김정은이 살아 있으면 중국이 원하는 대로 될까?"

"그게 문제다. 백두혈통이 죽으면 북한은 혼란의 속으로 빠져들게 되지. 그래서 쿠데타 세력들은 제일 먼저 김정은을 죽이려고 했을 거야."

"죽었을까?"

"그건 모르지. 하지만, 분명한 것은 그가 죽었다면 이 쿠데타는 금방 끝나게 된단 거다. 구심점이 없게 되니까."

"중국이 군대를 움직였다는 소문도 있잖아. 정말 그러면 전쟁이 날 수도 있어?"

"복잡한 문제구나. 이 상황이 어디까지 흘러갈지 나도 모르겠다."

"아이, 무서워. 전쟁 나면 어떡해?"

"그렇게는 안 돼야지. 걱정 마. 오빠가 전쟁은 막아줄게."

"오빠는 이 상황에서도 농담이 나오냐?"

"우리 동생이 불안해하니까 오빠가 지켜줘야지. 걱정하지 마. 오빠가 처리해 줄 테니까."

"됐네요. 오빠는 내 뒤에 숨어 있어. 내가 지켜준다."

"이런… 하하하."

은정의 말에 강태산이 유쾌하게 웃었다.

주먹을 꼭 쥔 채 공중에 대고 용감하게 흔들어대는 은정의 모습은 정말 귀여웠다.

강태산의 핸드폰에서 불이 번쩍하며 피어오른 건 식구들이 두 사람의 농담으로 인해 불안을 떨쳐내고 뉴스에 다시 눈을 돌렸을 때였다.

―청룡비상2.

문자메시지를 확인한 강태산이 슬그머니 자리에서 일어났다.

비상3부터 시작되는 예령이 없다.

이것은 그만큼 상황이 심각하다는 걸 의미했다.

그랬기에 강태산은 그만 자야겠다는 말을 남겨두고 급히 거실에서 빠져나왔다.

"접니다."

—잘 쉬었나?

"비상3이 없군요. 바로 들어갈까요?"

—그래, 지금 당장.

"알겠습니다."

전화를 받는 최 국장의 목소리에는 긴장감이 잔뜩 배어 있었다.

현재 시각 10시 42분.

이 늦은 밤에 곧장 들어오라는 것은 당장에라도 작전이 시작되어야 한다는 뜻이다.

강태산은 옷을 갈아입고 다시 거실로 향했다.

거실에는 식구들이 주섬거리며 자리를 정리하고 있었다.

"이모, 저 급하게 회사에 나가봐야 할 것 같아요."

"무슨 소리야. 지금이 몇 신데?"

"회사에 사고가 터졌대요. 러시아에 여행 중인 우리나라 사람들이 다섯 명이나 행방불명되어서 지금 비상이 걸렸어요."

"사람들이 왜 행방불명돼? 누구한테 납치된 거야?"

"그건 가봐야 알 것 같아요. 잘못하면 집에 들어오지 못하고 바로 러시아로 가야 될지도 모르니까 만약 제가 오지 않으면 출장 간 걸로 아세요."

"고생이네. 알았어. 얼른 가봐."

"오빠야, 참 먹고살기 힘들다. 여행사 다니지 말고 때려치우는 건 어때?"

"네가 나 먹여 살릴 거야?"

"그래, 먹여 살릴게. 그러니까 그거 그만둬."

농담을 농담으로 받았는데 은정이 정색을 하고 대답하자 강태산이 움찔했다.

고생하는 자신을 위해 한 말이겠지만 은정의 말에는 뼈가 들어 있었기 때문이었다.

그러나 강태산은 금방 표정을 회복하고 그녀의 머리를 가볍게 쥐어박았다.

"쬐끄만 놈이 못 하는 소리가 없어. 이모, 저 가야 해요. 만약에 들어오지 않아도 걱정하지 마세요!"

*　　　*　　　*

CRSF는 왕십리 변두리에 공장으로 위장하고 있었다.

공장은 생활용품을 생산하고 있었는데 CRSF는 주물공장의 지하에 감쪽같이 숨어 있었다.

최첨단 시설을 갖춘 500평 규모의 비밀 시설이 이곳에 있다는 걸 아는 사람은 CRSF 근무자를 제외하면 정 의장이 유일했다.

심지어 대통령도 CRSF의 본진이 이곳에 있다는 걸 알지 못했다.

강태산이 들어서자 최 국장은 인상부터 썼다.

최 국장은 초조한 기색을 숨기지 못했는데 강태산이 들어오기를 학수고대하고 있었던 모양이었다.

"좀 빨리빨리 다녀. 나 죽는 꼴 보고 싶어서 그래!"

"비상2부터 떴으니 바로 출발해야겠군요. 북한입니까?"

"눈치는 여전하군. 대원들은?"

"오면서 소집했습니다."

"시간이 없다. 오는 즉시 출발하도록."

"임무는 뭡니까?"

"김정은을 확보하는 것이다."

"그것만 하면 됩니까?"

"결코 쉬운 일은 아니야. 모든 상황은 너한테 맡길 테니 김정은을 살려서 무조건 쿠데타를 막아."

"중국이 개입되어 있을 겁니다."

"놈들은 아직 국경을 넘지 않았다. 그리고 쉽게 국경을 넘지 못해. 그리되면 관망하고 있던 북한 군부가 나서게 될 테니까."

"집단군은 움직이지 않았겠지만 권단은 이미 스며들어 있을 겁니다. 김정은을 잡기 위해서 말입니다."

"으……."

"청룡이 들어가면 그냥은 안 나옵니다. 김정은이 죽었어도 그것은 마찬가집니다."

"그게 무슨 소리야?"

"만약 김정은이 죽었다면 이 쿠데타는 무조건 성공합니다. 그래서는 안 되지요."

"너 도대체 무슨 짓을 하려고 그래!"

"북한을 중국에 넘길 수는 없습니다. 저는 쿠데타를 일으킨 친중파의 수족들을 깡그리 소멸시킬 생각입니다."

"인마, 김정은이 죽었으면 즉각 후퇴해. 애들 다 죽이지 말고!"

"국장님, 그동안 청룡은 수없이 많은 대원들이 이름 모를 곳에서 죽어갔습니다. 죽음이 두렵다면 저나 청룡의 대원들은 애초부터 이 일을 시작하지 않았을 겁니다."

"태산아!"

"저와의 약속, 잊지 마십시오. 임무를 맡은 이상 모든 작전 권한은 저에게 있습니다. 기다리고 계시면 좋은 소식을 가지고 오겠습니다. 그러니 걱정하지 마세요."

제2장

쿠데타

김정은은 긴급하게 마련된 815기계화보병사단의 지휘 벙커에서 커피를 마시며 담배를 피워 물고 있었다.

지독한 담배 냄새가 폐를 후벼파듯 들어왔으나 그는 연신 담배 연기를 뿜어내기만 했다.

원기백 인민무력부장은 군부를 대표하는 강성으로서 중국의 전폭적인 지원을 받고 있는 자였다.

그를 견제하기 위해 몇 차례에 걸쳐 숙청을 시도했으나 중국은 언제나 그의 의도를 미리 알고 먼저 손을 써왔다.

북한의 인민들은 중국의 지원이 없으면 굶어 죽을 처지에 놓여 있었다.

미제의 협박과 중국, 일본의 견제를 뚫고 핵폭탄을 보유한 이후로 경제 제재는 끝없이 지속되었고 근래 들어 보기 드문 가뭄으로 식량은 턱없이 부족했다.

중국의 편에 서서 은근하게 견제를 해오던 원기백 일파를 찍어내지 못한 것은 중국이 그때마다 식량 원조를 끊어버리겠다는 협박을 해왔기 때문이었다.

고난이 있어도 그놈들을 끝장냈어야 했다.

인민의 배고픔을 외면하지 못하고 원기백 일파를 끝끝내 잘라 버리지 못한 것이 지금에 와서는 천추의 한이 되었다.

현재 원기백이 이끄는 쿠데타 세력은 수도방위군단과 105탱크사단, 425기계화보병사단 등이 주축이었고 반대로 김정은의 편에 서서 평양을 사수하고 있는 것은 보위국과 호위사령부, 815기계화보병사단 등이 주력이었다.

쿠데타 세력이나 김정은이 이끄는 부대는 모두 평양 주변에 포진되어 있는 최정예 부대들이었다.

하지만 병력에서 원기백이 이끄는 부대들의 세력이 컸고 화력 면에서도 쿠데타 세력이 훨씬 강했다.

쿠데타 발발 이틀째.

이틀 전 놈들은 김정은을 암살하기 위해 덫을 놓고 모란봉 주변에 매복을 깔아놨으나 호위사령부의 결사적인 반격으로 겨우 몸을 빼낼 수 있었다.

그 와중에 왼팔에 총탄을 맞아 김정은은 긴급하게 총탄 제거 수술을 받아야 했다.

평소 같았다면 최고급 의료 시설에 누워 치료를 하고 있었겠지만 그는 왼팔을 붕대로 감은 채 식은땀을 흘리고 악을 쓰며 무전을 날리는 호위사령관을 바라보았다.

죽으라면 죽는 시늉까지 하던 군부의 지휘관들이 움직이지 않는다.

막상 쿠데타가 일어나자 놈들은 지원 요청을 무시한 채 꼼짝도 하지 않고 있었다.

그나마 다행인 것은 쿠데타 세력 쪽으로도 붙지 않는다는 것이었다.

총참모장인 신기혁의 입김이 작용하고 있는 것이 틀림없다.

신기혁은 김정은에 의해 발탁되어 총참모장까지 올랐으나 인민들을 최우선으로 생각했고 강직한 성격을 가지고 있어 군부의 전폭적인 지지를 받고 있는 자였다.

얼굴에 식은땀을 흘리는 김정은의 얼굴에서 비릿한 웃음이 떠올랐다.

"간나새끼들… 내 반드시 죽여 버리갔어."

지금으로서는 현실성이 전혀 없는 일이었음에도 그는 이를 악물고 벽을 노려보았다.

최고급 외제 차에 명품으로 도배를 하면서 살아왔다.

인민들이 배곯는 것은 안타까웠지만 자신은 인민들을 이끄는 지도자였고 유일한 백두혈통이었으니 그렇게 살아도 된다고 생각했다.

군부가 자신의 편을 들지 않는 건 지금까지 그가 해왔던 피비린내 나는 숙청과 인민의 배고픔을 외면한 채 호화 생활을 하는 것에 반감을 가졌기 때문일 것이다.

그렇다고 후회하지는 않는다.

어느 시대 어느 왕조도 인민을 통치하던 왕은 자신처럼 살아왔으니 자신이 잘못했다는 생각은 한 번도 한 적이 없다.

벙커 문을 급하게 열며 보위국장이 들어선 것은 그가 마지막 남은 커피를 입으로 털어 넣었을 때였다.

"영도자 동지, 대동문이 뚫렸습니다."

"뭐라!"

"놈들이 기어코 105땅크사단을 움직였습니다. 우리 측에서도 땅크로 대응하고 있으나 숫자에서 밀리고 있습네다."

"으… 이런 미친놈들."

김정은의 입에서 긴 신음 소리가 흘러나왔다.

평양시를 양분한 채로 전장이 형성되어 있었으나 인민들의 안전을 위해 포격이나 탱크는 지금까지 자제해 왔는데 원기백이 기어코 미친 짓을 벌였기 때문이었다.

최대한 빨리 끝장을 내려는 수작이었다.

놈들도 안다. 시간을 끌면 끌수록 불리하다는 것을 말이다.

미친 짓은 한번 하기가 어렵지 막상 시작하게 되면 되돌리기 어려운 법이다.

그것의 의미는 인민을 희생시키는 한이 있더라도 자신을 최단 시간 내에 죽이려는 의지였다.

그렇다면 이대로 당할 수는 없다.

인민의 안위는 자신이 먼저 살고 난 후에야 걱정해도 늦지 않으니 최선을 다해 반격을 하는 수밖에 없다.

지금부터는 양쪽이 가지고 있는 화력이 평양 시내에서 무차별적으로 작렬하게 될 것이다.

"현재 시내는?"

"난장판입네다. 인민들은 놈들의 공격이 시작되자 평양 시내를 빠져나가느라 북새통을 이루고 있습네다."

"얼마나 죽었지?"

"벌써 꽤 많은 숫자가 죽었습네다. 소개가 늦어지면 피해는 훨씬 커질 겁네다."

"총참모장은 아직도 연락이 안 돼?"

"…죄송합네다."

"이 간나새끼!"

"영도자 동지, 일단 보통문에서 놈들을 차단하겠습네다. 보통문을 막으면 놈들의 진격은 멈추게 될 것입네다. 우리는 시간을 최대한 벌어야 합네다."

"우리도 최대한 놈들의 거점을 때려. 이젠 이것저것 따질 계제가 아니란 말이야."

"알겠습네다."

"815사단장은?"

"벙커에 있습네다."

"그를 잘 감시해. 만약 그가 배신하게 된다면 돌이킬 수 없어."

"호위사령관이 호위대를 벙커 주변에 완벽하게 포진시켰습네다. 그는 벙커를 벗어나지 못할 겁네다."

"총참모장의 위치를 파악하도록. 그리고 인민들에게 내가 건재하다는 것을 알려야 해. 무슨 수를 쓰든 방법을 찾아봐!"

"알겠습네다."

한편.

수도방위군단의 지하 벙커 회의용 탁자에는 네 명의 사내가 자리를 함께하고 있었다.

중앙에 앉아 있는 자는 인민무력부장 원기백이었고 그 좌우로 수도방위군단장과 425기계화보병사단장이 나란히 자리를 같이했다.

그러나 무엇보다 눈에 띄는 것은 맞은편에 앉아 있는 사십대 후반의 사내였다.

바로 중국의 특수부대를 관장하는 권단의 수장 왕문이었다.

그들 앞에는 커피가 놓여 있었으나 누구도 손을 대지 않고 있었다.

무거운 분위기.

침묵을 깬 것은 원기백이 아니라 왕문이었다.

"원 부장님, 이대로라면 이 싸움은 일주일 내에 끝나지 않을 것 같소. 특단의 대책이 필요하오."

"아니, 일주일 내에 끝이 나오. 모든 화력을 퍼붓기 시작했으니 놈들을 박살 내는 건 오 일이면 충분하단 말이오."

"신기혁 총참모장이 움직이면 어쩌시려고 그러오. 그가 움직이면 이 싸움은 어려워지게 됩니다."

"그는 움직이지 않을 것이오."

"왜 그렇게 단언하시오?"

"그는 인민을 가장 먼저 생각하는 자요. 군부가 움직이게 되면 인민이 다친다는 것을 뻔히 알 테니 움직이지 못할 것이오. 더군다나 외부로 나가는 모든 전파를 차단했기 때문에 그자는 김정은이 살아 있다는 것을 절대 알지 못하오."

"만약에 김정은이 살아 있다는 것을 안다면 어찌 될 것 같소?"

"그럴 리는 없어. 직접 살아 있다는 것은 눈으로 확인하지 않는 한 그자는 믿지 않을 테니까."

"원 부장님은 매우 낙관적인 성격을 가지고 계시는구만. 시간은 우리 편이 아니란 걸 모르시오!"

"시간은 우리 편이 아니지. 하지만 김정은 편도 아니오. 오 일이면 끝날 거요. 오 일 후면 우리 세상이 될 테니 걱정하지 마시오."

목소리를 올리는 왕문을 향해 원기백이 하얀 웃음을 지었다.

하지만 얼굴만 웃었을 뿐 눈에서는 파란 불이 흘러나오고 있었다.

건방진 놈.

비록 자신이 중국의 힘을 빌리고 있지만 아직 새파랗게 어린 놈이 마치 어린애 꾸짖듯 덤벼들자 그는 슬그머니 이를 악물었다.

왕문이 비릿한 웃음을 흘린 것은 원기백의 얼굴에서 그런 생각을 읽었기 때문이었다.

하지만 그의 입에서 흘러나온 것은 전혀 다른 이야기였다.

"상부에서 지시가 내려왔소. 김정은의 위치가 파악되었으니 사살하라는 명령이오."

"정말 김정은의 위치가 파악되었단 말이오?"

"그는 815기계화보병사단의 다섯 개 벙커 중 최후방에 위치하는 연성에 있다고 합니다. 중국의 최첨단 인공위성 탄야3에서 관측했다고 하니 확실한 정보요."

"음……."

"원 부장님, 시간이 김정은의 편이 아니란 부장님의 말에는 동의하지 못하겠소. 우리는 이 싸움을 위해 엄청난 노력을 기울였고 원 부장님이 정권을 잡도록 하기 위해 최선을 다하는 중이오. 백두혈통이 북한에서 차지하고 있는 영향력은 아직 대단하오. 그를 죽이지 못하면 이 싸움은 결국 실패하게 될 것이오."

"그래서 어쩌란 말이오?"

"오늘 전 전선에 걸쳐 대대적인 공격을 가하시오. 놈들로 하여금 아무런 생각도 하지 못하게 만들어주시오."

"총력전을?"

"그렇소. 그러면 오늘 밤 우리가 김정은을 사살하겠소."

"그게 무슨 소리요?"

"총력전을 펼치는 동안 권단의 특수부대가 김정은이 있는 벙커를 공격하겠소."

"권단이… 들어왔단 말이오?"

"미리 말하지 못해서 미안하오. 하지만 비밀을 유지하기 위해서는 어쩔 수가 없었소. 지금 권단의 최정예 특수부대가 김정은을 사살하기 위해 평양 외곽에서 대기하고 있소."

"이보시오. 누구 마음대로……."

"흥분할 일이 아니오. 내가 말했잖소. 상부에서는 원 부장님이 정권을 잡도록 하기 위해 최선을 다하고 있소. 이것은 그 과정 중의 하나라 생각해 주시오."

*　　　*　　　*

청룡팀은 비상1이 발동된 후 휴전선을 통해 개성으로 움직였다.

작전 개시 시간 11시 27분.

강태산의 지시에 의해 작전실에 모인 청룡의 대원들은 미리 준비되어 있던 무기와 장비를 챙기고 곧장 북한을 향해 이동했다.

휴전선을 방어하는 북한 부대의 경계망을 무너뜨리는 것은 청룡에게 일도 아니었다.

태을경공을 발휘해서 야간을 틈타 이동하는 청룡대원들은 귀신처럼 잔영만 남긴 채 휴전선을 관통한 후 곧장 개성까지 직진했다.

새벽 1시 50분.

개성시의 밤은 암흑천지였다.

북한의 전기 공급이 원활하지 않다는 소리를 들었지만 개성시가 이렇게 컴컴한 어둠 속에 잠든 것은 분명 현재 벌어지고 있는 쿠데타의 영향이 크기 때문일 것이다.

강태산은 청룡 일행을 이끌고 가다가 평양까지 직선으로 뻗어 있는 고속도로의 비탈면에 멈췄다.

고속도로에는 차가 거의 다니지 않아 마치 유령 도로처럼 보일 지경이었다.

"여기서 30분간 휴식을 취한 후 출발한다. 모두 현천기공을 운용해서 체력을 회복하도록."

"대장님, 물어볼 게 있습니다."

"뭔가?"

강태산이 대답하자 입을 열었던 유상철이 들고 있던 K―51를 내려놓으며 자세를 바로 했다.

그는 도착하자마자 무조건 출발하라는 지시를 받고 강태산을 따라 움직였기 때문에 작전에 대한 세부적인 설명을 듣지 못했다.

하긴 그것은 여기 있는 대원들 모두에게 해당되는 내용이었다.

워낙 긴급하게 움직였기 때문에 개략적인 내용만 숙지했을 뿐 세부적인 작전은 하나도 들은 게 없다.

그랬기에 유상철이 대표로 입을 열자 대원들의 눈이 침착하게 가라앉았다.

“지금 평양에서 벌어지고 있는 쿠데타 때문에 간다고 들었습니다. 그런데 우리가 가는 목적이 뭡니까?”

“쿠데타를 막으러 간다.”

“우리만으로 쿠데타를 막는단 말입니까?”

“그래.”

“거기는 전시 상황입니다. 수많은 병력이 전쟁을 벌이고 있는데 우리만으로 쿠데타를 어떻게 막습니까?”

“상부의 지시는 간단하다. 김정은의 안전을 확보해서 쿠데타가 실패하게 만들라는 명령이다.”

“김정은의 위치를 모르는데 그를 지키라니요?”

“우리가 떠나기 전 김정은의 위치를 확보했다. 미국 놈들이 그런 건 잘 알려주는 모양이다.”

“위성으로 확인했다는 뜻이군요.”

“맞아.”

유태호가 슬쩍 끼어들자 강태산이 빙그레 웃었다.

그러자 유태호가 다시 입을 열었다.

“평양입니까?”

“김정은은 평양 외곽의 연성에 있다.”

"김정은을 지켜서 중국의 의도를 봉쇄하려는 게 정부의 의돕니까?"

"확실히 그렇다."

"정말 더러운 상황이군요. 제 손으로 그 돼지새끼를 지켜야 하다니."

"그 돼지새끼를 살려야 쿠데타를 막을 수 있다고 하니 어쩔 수 없는 거 아니냐."

"그 새끼는 호화 생활을 하면서 지 권력에 조금이라도 위협이 되는 자들은 피의 숙청을 한 놈입니다. 인민들은 배고파 죽든 말든 주지육림에 파묻혀 산 놈이란 말입니다."

"그래서?"

"그 씨발놈을 살려내면 여전히 북한 주민들은 개처럼 살아갈 겁니다. 중국에 북한이 넘어가는 것도 못 보겠지만 그 새끼가 다시 정권을 잡고 지랄하는 것도 저는 달갑지 않습니다."

"맞는 말이다."

"뭐예요. 이것도 맞다, 저것도 맞다. 언제 대장님이 황희정승이 됐어요?"

강태산이 여전히 웃는 얼굴로 대답하자 이번에는 차지연이 입술을 삐죽이며 나섰다.

그녀는 강태산을 보자마자 대원들 모르게 옆구리를 꼬집으며 신경질을 냈는데 수십 번에 걸친 전화를 한 번도 받지 않았기 때문이었다.

차지연이 나서자 강태산의 웃음이 더욱 진해졌다.

그의 웃음은 어둠을 뚫고 싱그럽게 대원들에게 전달되고 있었다.

"우리의 목적은 북한이 중국의 손아귀에 들어가는 것을 막는 것 하나뿐이다. 나는 그것을 위해 어떤 일도 할 생각이다."

* * *

오십 대 후반의 사나이.

양쪽 견장에 찬 네 개의 별이 찬연하게 빛났고 건장한 체격과 어울리는 얼굴은 전형적인 남자의 표상처럼 우직했다.

그는 소파에 앉아 팔짱을 낀 채 전화기를 무섭게 지켜보고 있었다.

총참모장 신기혁은 제3군단을 순시하던 중에 쿠데타가 일어났다는 소식을 들었다.

총참모본부로 들어가지 않고 그가 제3군단 벙커에 자리를 잡은 것은 인민무력부장 원기백이 쿠데타의 주역이라는 것을 알았기 때문이었다.

중국을 배경으로 삼고 있는 원기백은 치밀한 성격을 가졌기 때문에 선불리 평양으로 향했다가는 당할 가능성이 컸다.

벌써 48시간째 그가 자리를 튼 제3군단 벙커 전화기는 불이 났다.

군단장들과 예하 부대장들이 현재 벌어지고 있는 쿠데타에 대해 자신의 의견을 물어오고 있었던 것이다.

그때마다 그는 선불리 움직이지 말라는 명령을 내렸다.

생각 같아서는 당장에라도 병력을 동원해서 조국을 배신한 원기백을 치고 싶었으나 그리되면 내전으로 변할 가능성이 컸다.

아직 움직이지 않고 있는 군단장 중에서도 중국 측과 밀접하게 관계를 맺고 있는 놈들이 여럿이었다.

그가 병력 동원령을 내리게 되면 어느 놈이 뒤통수를 칠지 알 수 없는 일이었다.

피아를 구분하기 위한 정리 시간이 필요했고 적 편에 설 가능성이 있는 군단을 견제하는 것이 급선무였으니 신기혁 총참모장은 예하 부대에 비상령만 발동시킨 채 움직이지 않았다.

또 하나의 이유는 김정은 때문이었다.

비록 그가 자신을 발탁해서 총참모장이라는 중요한 직위를 부여했으나 김정은은 경제 발전은 뒤로한 채 인민들이 죽든 말든 자신의 영달만을 위해 미친 짓을 마다 않는 최악의 지도자였다.

여러 번 조국의 발전과 인민들의 고단한 삶을 해소하기 위해 자신의 계획안을 건의했으나 김정은은 오히려 질책하며 맡은 일이나 잘하라는 핀잔을 주었다.

그는 오직 자신의 정권 유지에만 혈안이 되어 있었던 것이다.

그의 고민은 깊어질 수밖에 없었다.

김정은이 살아 있는 한 조국의 발전은 기약 없는 꿈일 수밖에 없었다.

그렇다고 중국에 나라를 팔아먹으려 하는 원기백을 지지할 수도 없었다.

위대한 수령 동지께서 창건하신 조국을 중국 측에 넘기려 하는 원기백은 당장에라도 처단해야 하는 매국노일 뿐이었다.

결정의 시간이 가까워지고 있었다.

둘 중 하나의 선택.

둘 다 달갑지 않았으나 둘 중 하나를 반드시 선택해야 한다면 어떻게 해야 할까.

결국 답은 하나일 수밖에 없었다.

최악의 지도자였으나 조국을 중국에 팔려는 매국노보다는 김정은을 선택할 수밖에 없다.

문제는 김정은이 살아 있냐는 것이었다.

전화기에서는 불이 나고 있었으나 김정은 측에서는 어느 순간부터 아무런 연락이 오지 않았다.

쿠데타 세력이 평양 외곽으로 빠져나가는 전화선과 전파를 차단한 게 분명했다.

그가 병력을 동원하기 위해서는 김정은의 지시가 있어야 한다.

그렇지 않고 병력을 동원하면 오히려 반역자의 오명을 뒤집어쓸 수 있고 자칫 수많은 인민들을 죽음 속으로 몰아넣는 살인마가 될 수 있다.

제3군단장 현영학이 사무실을 박차고 들어선 것은 그가 인상을 찌푸린 채 눈을 감으려 할 때였다.

현영학의 얼굴은 긴장감으로 인해 잔뜩 굳어 있었다.

"총참모장 동지, 평양에서 폭발이 일어나고 있습네다."

"뭐야!"

"탕크가 움직인 것 같습니다. 거기다가 각 부대의 포대가 일제히 공격을 개시했습니다. 지금 평양은 불바다로 변하고 있습네다."

"이런 개새끼들!"

"방금, 무력부장 쪽에서 연락이 왔습네다. 영도자 동지께서 어제 사망했고 현재 잔여 병력을 소탕 중이니 절대 움직이지 말라는 전언입네다. 그렇지 않을 경우 조국을 배신한 반동으로 즉결 처분이 될 것이라는 협박을 해왔습네다."

"원기백, 이 새끼가 기어코 일을 크게 만드는구나."

"총참모장 동지. 이제 우리도 노선을 결정해야 합니다. 이대로 있다가는 숙청의 칼날을 피하지 못합니다."

"으……."

"어쩌시겠습니까?"

수도방위군단의 김만호 대좌는 자신이 이끄는 폭풍대대를 이끌고 파현을 향해 진격했다.

그는 이 싸움이 무엇 때문에 벌어지고 있는지 정확하게 알지 못했다.

상부에서는 반동분자들이 쿠데타를 일으켜서 진압 작전을 펼치는 것이라 했지만 아무래도 낌새가 이상했다.

그럼에도 그는 연대장의 지시에 따라 충실하게 임무를 수행했다.

의문은 나중에 풀어도 된다.

군인은 명령에 죽고 사는 사람들이니 명령이 내려지면 무슨 일이 있어도 임무를 완수해야 된다.

그럼에도 그는 자신의 휘하에 있는 네 명의 중대장들에게 인민들이 다치지 않도록 조심하라는 지시를 내렸다.

평양 시내에는 삼백만에 달하는 사람들이 살고 있었으니 함부로 총격을 가했다가는 수많은 인민을 죽음 속으로 몰아넣을 수 있었다.

적들의 반격은 치열했다.

요소요소에 진지를 구축하고 전진을 가로막는 자들은 815기계화보병사단과 호위사령부의 병력이었다.

도대체 무슨 일일까?

815는 몰라도 호위사령부 병력들은 김정은을 최측근에서 보좌하고 호위하는 최정예 전사들이었다.

쿠데타의 주력이 누군지 알게 되자 점점 의문은 커져갔다.

호위사령관이 영도자 동지를 살해하고 쿠데타를 일으킨 걸까?

하지만 호위사령관은 김정은의 최측근으로서 막강한 권력을 지닌 자였다.

그런 자가 쿠데타를 일으킨다는 건 정말 이해할 수 없는 일이었다.

그러나 그런 의문은 부하들의 죽음 속에서 분노로 변해갔다.

적들의 치열한 반격과 상부의 계속되는 전진 명령이 상충되면서 자신의 부하들이 숱하게 죽어나갔다.

그는 입술이 찢어지도록 깨물었다.

토치카 속에서 자신들의 부하를 노리는 적들의 총구가 불을 뿜을 때마다 그는 자신도 모르게 목구멍이 터지도록 고함을 질러댔다.

하루가 지날 때까지 1㎞를 전진했다.

적들의 방어선은 견고했고 전력도 만만치 않았다.

수도방위군단은 북한군 내에서도 최정예 전사들로 구성되어 있었으나 적들은 그들의 파상적인 공격에도 절대 쉽게 물러나지 않았다.

이틀이 지나고 또다시 1㎞를 전진했을 때 후방에서 탱크부대가 전진한다는 무전이 날아왔다.

탱크가 시가지로 전진을 한다니 이게 무슨 날벼락이란 말인가.

하지만 더욱 그를 황당하게 만든 것은 연대장으로부터 모든 화력을 즉시 가동하라는 명령이 떨어졌다는 것이었다.

인민들은 어떡하고!

제일 먼저 떠오른 의문이었다.

말이 삼백만이지 북한 전체 인구의 20%가 평양 시내에 산다.

아무리 조심하라고 명령을 내렸어도 전투 과정에서 인민들의 시체는 곳곳에 쌓여가고 있었다.

그런 상황에서 지금까지 제어하고 있던 화기를 쓰라는 것은 인민들을 다 죽이겠다는 뜻이나 마찬가지였다.

그랬기에 연대장을 향해 무전기를 날렸다.

잘못된 명령, 아니, 실수로 전해진 오명이 분명하다고 생각했기 때문이었다.

하지만, 연대장은 칼칼한 목소리로 무전기가 찢어지도록 소리를 질렀다.

—즉각 공격하라우. 오늘 중으로 파현을 돌파하란 말이지비.

"그리되면 인민들의 희생이 엄청날 겁네다. 연대장 동지, 포사격만큼은 절대 안 됩네다."

—종간나새끼, 네 모가지가 잘리고 싶나. 쓸데없는 소리 지껄이지 말고 갈기라면 갈겨!

무전기를 내려놓으며 김만호는 이를 악물었다.

벌써 전방으로 전진하고 있는 탱크에서는 적들이 구축해놓은 방어선을 향해 무차별적인 포격을 날리고 있는 중이었다.

포탄이 떨어지는 곳에 시꺼먼 포연이 피어오르며 적들이 사방을 향해 찢어진 채 날아가는 것이 보였다.

하지만 죽어 나자빠지는 것은 적들만이 아니었다.

미처 빠져나가지 못한 인민들은 눈먼 포탄에 맞아 무더기로 죽음을 맞이하고 있었다.

아낙네들의 비명 소리, 아이들의 울음소리.

그 소리들이 김만호의 귀에 생생히 들려오는 것 같았다.

그랬기에 그는 이를 악물었다.

반동분자들의 쿠데타를 진압하는 것도 중요하지만 그것보

다 더 중요한 것은 인민들을 지키는 것이다.

그가 휘하의 중대장들에게 무전기에 대고 절규하듯 소리를 지른 것은 전진하는 탱크의 포탄이 사방으로 도망가는 인민들을 피떡으로 만드는 것을 다시 확인한 후였다.

탱크 부대는 쿠데타 세력과 인민들을 구별하지 않고 무차별적으로 포탄 세례를 퍼붓고 있었다.

"폭풍대대, 폭풍대대. 전진을 멈춰라. 사격 중지. 어떤 놈도 내 명령을 따르지 않고 총격을 가하거나 포를 쏘면 즉결 처분하겠다. 우리는 먼저 인민들을 소개시킨다. 알겠나!"

* * *

청룡대원들은 고속도로를 타고 평양으로 질주했다.

태을경공을 이용해서 전력으로 움직였기 때문에 불과 세 시간 만에 70㎞를 주파할 수 있었다.

그들의 움직임은 바람과 같았다.

개성에서 평양까지의 거리는 160㎞.

이대로의 속도라면 오전 9시 정도면 평양 외곽까지 도착할 수 있을 것이다.

강태산은 손목에 찬 시계를 바라본 후 대원들에게 30분의 휴식을 주었다.

비록 시간이 아까웠지만 앞으로 3시간 동안은 휴식이 없을 테니 충분한 휴식이 필요했다.

30분이란 시간을 주는 또 다른 이유는 현천기공을 이용해서 체력을 회복하기 위함이었다.

이제 성취도가 삼성에 도달한 대원들은 현천기공을 전신으로 돌리는 데 최소 20분 이상이 소요되기 때문이었다.

달콤한 휴식은 마치 꿈결처럼 지나갔다.

먼저 운공을 마친 강태산은 여전히 현천기공을 운용하며 체력을 회복하고 있는 청룡대원들을 물끄러미 바라보았다.

참 지랄 맞은 운명이다.

자신은 사람들이 절대 믿을 수 없는 기연으로 인해 청룡에 몸을 담았지만 저들은 도대체 무슨 사연으로 목숨을 초개와 같이 버려야 하는 직업을 선택한 것일까.

국가를 위해 목숨을 담보로 싸우는 사람들이었지만 청룡대원이 받는 보수는 5급 공무원이 받는 월급과 비슷했다.

물론 작전을 나갈 때마다 위험수당이 따라붙었으나 그럼에도 목숨을 걸면서 싸우기에는 터무니없이 적은 액수였다.

예전부터 궁금했음에도 대원들의 사생활에 대해서 물어본 적이 없다.

그것은 대원들도 마찬가지였다.

그들은 강태산이 청룡에 몸담게 된 배경이나 이유에 대해서 한 번도 물어보지 않았다.

그것이 청룡의 룰이었으니까.

얼마나 시간이 지났을까.

대원들이 하나씩 눈을 뜨기 시작했다.

시계를 들어 시간을 보자 정확히 휴식 명령을 내린 지 25분이 지난 후였다.

"몸 상태는 괜찮나?"

"좋습니다."

강태산의 질문에 부대장인 유상철이 대표로 대답을 했다.

유상철은 이런 순간이 되면 언제나 먼저 나서서 대원들의 말을 대신한다.

"그렇다면 지금부터 평양으로 움직인다."

"곧바로 들어갑니까?"

"우리는 2개 조로 나뉘어 움직일 것이다. 나와 지연, 그리고 민호가 연성으로 간다. 나머지는 부대장이 이끌고 평양 북쪽으로 움직이도록."

"목표는요?"

"은밀하게 움직여서 쿠데타 세력의 수뇌부가 어디에 있는지 알아내라. 그들의 위치를 파악하는 것이 너희들의 임무다."

"파악되면 공격합니까?"

"무전이 날아오면 내가 갈 것이다. 그때까지 대기하고 있어."

"알겠습니다."

"놈들은 엄청난 보호막 속에 있을 것이다. 상철!"

"예, 대장님."

"시급한 일이니 너희들은 둘씩 나뉘어서 동쪽과 서쪽을 훑어. 최대 기한은 이틀이다. 알겠나?"

"작전 기한 이틀, 명받았습니다."

"좋다, 출발한다. 별도의 명령은 없다. 지금부터 B조는 고속도로를 벗어나 서충으로 가라. 우리는 곧바로 연성으로 갈 것이다."

"그렇게 하겠습니다."

"죽지 마라. 다치지도 말고. 다시 말하지만 내 말을 어기고 니들 마음대로 죽으면 내가 지옥 끝까지 쫓아가서 아작을 낼 거다. 그러니 멀쩡한 몸으로 기다려!"

* * *

연성은 개성에서 평양을 연결하는 고속도로의 동쪽에 위치하고 있는 도시였다.

815기계화보병사단이 주둔하면서 도시가 형성되었고 인구도 오천에 가깝다.

본부에서는 김정은이 연성에 있을 것이라는 추측을 했지만 확신을 하지는 못했다.

그 추측의 배경은 당연히 미국에서 제공한 정보에 있었다.

미국은 자국의 초정밀 위성을 통해 연성에 강력한 보호막이 쳐져 있는 것을 대한민국 정부에 알려줬지만 김정은의 생사는 확인하지 못했다.

중국.

현재 미국의 강력한 상대는 중국밖에 없었다.

군사적인 면은 물론이고 경제적인 면으로도 중국은 전 세계에 막대한 영향력을 행사하며 미국과 첨예한 대립을 하고 있었다.

미국이 이번 북한의 쿠데타와 관련해서 각종 정보를 실시간으로 대한민국 정부에게 넘겨주고 있는 것은 중국이 북한을 삼켰을 경우 유사시 남한과 일본마저 넘어갈 가능성이 크기 때문이었다.

태평양 방어선의 붕괴.

미국은 38도를 가로질러 형성시킨 방어선이 붕괴되는 걸 원하지 않았기에 이번 사안에 대해서는 적극적으로 공조 체제를 유지하고 있었다.

김정은이 연성에 있을 것이란 건 잘못된 정보일 수도 있을 것이다.

연성에는 815기계화보병사단의 지휘 벙커가 있는 곳이기 때문에 815의 지휘관들을 지키기 위해 3중의 방어선이 쳐졌을 가능성도 컸다.

어쩌면 지금 벌어지고 있는 공방전은 김정은의 측근들이 최후의 발악을 하고 있는 것인지도 몰랐다.

김정은이 죽었다면 그자들 역시 살아남지 못할 테니까.

강태산은 차지연과 설민호를 대동하고 평양으로 급속 북진하다가 무섭게 터지는 포탄 소리를 들은 후 걸음을 멈췄다.

그러고는 급하게 평양 시내가 한눈에 보이는 산으로 올라갔다.

산의 이름은 알 수 없었으나 그곳에서 바라본 평양은 사방 곳곳에서 포연이 자욱하게 퍼지며 불꽃이 피어오르고 있었다.

"이 새끼들이… 포탄을 쏴, 평양 시내에?"

"으… 이 미친놈들!"

"아무래도 전면전을 벌이는 것 같아요. 궤적이나 폭발력으로 봤을 때 아직 포병대는 가세하지 않았지만 저 정도의 포격이라면 평양 시민들이 위험해요."

"대장님, 먼저 상황 파악부터 해봐야 할 것 같습니다. 총격전이 아니고 포격전이 시작되었다면 연성도 위험합니다."

"평양에는 삼백만 명이나 살고 있어. 그런데도 포탄을 날린단 말이지? 중국의 지원을 받고 있는 원기백뿐만 아니라 김정은 측까지 주민들의 생사는 안중에도 없는 모양이다."

"완전히 돈 놈들이에요. 아무리 정권이 중요해도 국민을 죽이는 새끼들이 어디 있어요!"

"대장님, 어쩌겠습니까?"

"그래도 가야지. 김정은이 살아 있다면 연성의 지하 벙커에서 꼼짝하지 않을 것이다. 그놈들의 지하 벙커는 저 정도의 포격에는 끄떡도 안 할 테니까 말이야."

"그런데 저는 이해가 되지 않습니다. 김정은이 연성에 있는 것이 확실하다면 우리가 할 일이 아무것도 없지 않겠습니까."

"나도 그것을 고민하고 있었다."

"김정은 그놈은 아마 호위사령부 정예 병력 속에서 철통같은 호위를 받고 있을 겁니다."

"살아 있다면 그렇겠지."

"제 생각에는 살아 있는 것 같습니다. 쿠데타가 일어난 지 오늘로서 삼 일째입니다. 그런데도 저렇게 치열한 접전을 벌이고 있는 것을 보면 그 돼지는 살아 있을 가능성이 큽니다. 잔존 세력의 반항으로 보기에는 너무 강력합니다. 분명 김정은이 뒤에서 지시를 내리고 있는 게 분명합니다."

"예리한 판단이다."

"씨발, 큰일이군요. 김정은은 절대 권력을 놓지 않으려고 할 테니 평양 시내가 잘못하면 초토화되겠습니다."

"크크크……."

설민호의 말을 들은 강태산의 입에서 기괴한 웃음이 흘러나왔다.

멀리서 보이는 평양 시내는 양쪽이 퍼붓고 있는 포탄으로 인해 지금도 사방에서 불꽃이 피어오르는 중이었다.

얼마나 많은 사람들이 저 포탄에 의해 죽어나갈 것인가.

너무 멀어 보이지 않았지만 두려움에 떨고 있을 평양 시민들의 표정을 생각하자 저절로 마음이 어두워졌다.

그럼에도 그는 내색하지 않은 채 굵직한 목소리를 꺼냈다.

"국장님은 평양 시내를 걱정하지 않았다. 평양 주민들이 죽음도 걱정하지 않았고 오직 김정은이 살아남아 원기백의 쿠데타를 제압하길 바랐다."

"그래서요?"

"명령은 명령이다. 먼저 김정은의 생사를 확인하고 살아 있다면 우리는 그를 도와 쿠데타를 제압한다."

청룡 부대원들이 빠르게 이동해서 평양 근처까지 다가가자 수많은 피난 행렬들이 평양을 빠져나오는 것이 보였다.

그들 속에서 피에 전 모습들도 간간이 보였는데 모두 두려운 얼굴들을 하고 있었다.

갑작스러운 총격전에 이어 포격전이 시작되자 사태를 파악하고 목숨을 부지하기 위해 시내를 도망쳐 나온 사람들의 숫자는 이루 헤아리기 어려울 정도로 많았다.

하지만 그 숫자는 전체 평양 시민의 숫자에 비한다면 극히 일부에 불과했다.

아직도 평양 시내에는 수많은 사람들이 공포에 떨면서 벼락처럼 떨어지는 포탄에 의해 덧없이 생을 마감하고 있을 것이다.

정말 어이없는 일이었고 절대 일어나서는 안 되는 일이 눈앞에서 벌어지자 강태산의 눈에서 시퍼런 불길이 일어났다.

이럴 수는 없다.

한 나라를 이끄는 지도자란 놈들이 자신들의 권력을 지키기 위해 국민들을 죽음으로 몰아넣는 짓을 서슴지 않고 벌인다는 건 역사 이래에 단 한 번도 없었다.

강태산이 입을 연 것은 묵묵하게 달리다가 연성이 가까운 언덕에서 수많은 병력이 한 개의 산을 철통같이 방어하고 있는 걸 확인한 후였다.

"민호, 너는 비너스와 함께 여기서 기다려라."

"어디 가십니까?"

"나는 평양 시내에 갔다 오겠다. 도대체 무슨 일이 벌어지고 있는지 두 눈으로 똑똑히 확인해야겠다."

"알겠습니다. 그럼 저희들은 저 산을 미리 조사해 놓겠습니다."

"경계가 삼엄하니까 조심해서 움직여."

"걱정하지 마십시오."

설민호가 대답하자 강태산이 표정을 일그러뜨린 채 산을 바라봤다.

이 정도의 경계망이 포진되어 있다는 것은 김정은이 이곳에 있다는 것을 알려주는 것이었다.

강태산은 두 사람을 남겨놓고 태을경공을 극으로 펼쳤다.

현천기공을 운용하며 태을경공을 펼치자 그의 몸은 눈에 보이지 않을 정도였다.

그동안 대원들의 속도에 맞춰 움직였을 때도 일반인이 봤다면 기절할 정도로 빨랐지만 지금 속도는 그것보다 세 배는 빨랐다.

불과 15분 만에 20㎞ 떨어져 있는 평양 시내에 도착한 강태산은 전장의 중심에 위치한 건물로 이동했다.

건물은 25층이었기에 옥상으로 올라가자 양측의 움직임이 한눈에 보였다.

평양 시내를 중심으로 관통하고 있는 도로들에서는 양측의 탱크들이 격렬하게 포격전을 주고받았고 시내 곳곳에서는 병력들이 전 화력을 동원해서 미친 듯이 치고받는 중이었다.

직접 눈으로 참상을 확인하자 화가 머리끝까지 솟구쳤다.

탱크들은 물론이고 양쪽의 병력들은 전장을 피해 개미처럼 도망치는 시민들의 안전을 전혀 고려치 않은 채 오직 상대방을 향해 포탄을 쏟아붓고 있었다.

그야말로 총력전.

전 전선에서 물밀듯 밀려드는 쿠데타 세력의 병력은 요소요소에서 방어선을 형성한 채 저항하는 김정은 측의 병력보다 배는 많아 보였다.

그럼에도 전선이 쉽게 깨지지 않고 있는 건 건물들 때문이었다.

공격하는 쿠데타 병력들은 건물들을 이불 삼아 버티는 815기계화보병사단과 호위사단의 방어선에 고전을 면치 못했다.

씨발놈들.

쿠데타가 시간과의 싸움이라는 건 인정한다.

하지만 이렇게 시민들을 떼죽음 속으로 몰아넣으면서까지 무차별적인 공격과 방어를 한다는 것은 정말 이해할 수 없는 일이다.

강태산은 한동안 전장을 바라보며 침묵에 잠겼다.

그가 무언가를 생각할 때 늘 하던 버릇처럼 그의 오른손은 턱을 부드럽게 감싸고 있었다.

*　　*　　*

오후 3시 반.

중국의 지도자 주민상 주석은 국방장관 왕문호와 외교장관 설승주를 앞에 둔 채 향기로운 커피를 입으로 가져갔다.

하지만 그의 눈은 날카롭게 벼려진 한 자루 칼처럼 그들을 노려보는 중이었다.

주민상의 입이 열린 것은 그의 침묵을 견디지 못한 외교장관이 자신의 앞에 놓인 커피 잔을 들어 올렸을 때였다.

"오늘 밤에 잡는다고?"

"그렇습니다. 지금 권단의 특수부대들이 연성으로 은밀하게 이동하고 있는 중입니다."

주민상의 질문에 양손을 탁자에 올려놓고 있던 국방장관 왕문호가 입을 열었다.

외교장관 설승주는 갑작스럽게 열린 주민상의 목소리에 커피 잔을 슬그머니 내려놓은 채 당황스러운 표정을 지었지만 왕문호는 군 출신답게 굵직한 목소리로 침착하게 보고를 했다.

"원기백의 반응은?"

"권단장의 보고에 따르면 아무런 말도 하지 않았답니다. 그자는 손도 안 대고 코 푸는 걸 좋아하는 모양입니다."

"그 새끼는 능력 없는 놈이다. 우리가 없었다면 예전에 총살당했을 거야."

"그렇지요. 벌써 세 번이나 그자의 목숨을 구해줬으니 우리 말이라면 죽는시늉까지 해야 할 놈입니다."

"병신 같은 놈. 일을 이 지경까지 만들다니. 시작하자마자 김정은을 사살했다면 피를 보지 않았을 것 아니냐!"

"어쩔 수 없는 일이지요."

"지금 평양 시민은 얼마나 죽었을 것 같나?"

"한창 교전 중이기 때문에 정확한 숫자는 파악하지 못했지만 적어도 수천 명은 죽었을 겁니다."

"북한 놈들 죽는 것은 중요하지 않다. 하지만 너무 많이 죽게 되면 문제가 생길 수도 있어. 지금은 군부가 중립을 지키고 있으나 평양 시민의 희생이 커지면 참전할 수도 있단 말이다."

"맞는 말씀입니다. 오늘 밤 작전은 그런 것들을 모두 고려해서 결정한 것입니다. 김정은만 잡으면 이 싸움은 끝나게 되니까 군부도 어쩔 수 없을 겁니다."

"참으로 어리석은 놈들이다. 지네 국민을 죽이면서까지 정권을 잡아보겠다고 발버둥을 치다니. 쯧쯧… 이것은 전부 김정은 그놈 때문이야. 고분고분하게 말을 들었다면 이런 일은 없었을 텐데 쥐뿔도 없는 놈이 사사건건 시비를 걸고 대들었으니 그 새끼는 죽어도 싸."

"권단의 특수부대가 움직인 이상 김정은은 살아남지 못합니다."

"얼마나 갔지?"

"권단 내 만강특전대가 모두 움직였습니다. 놈들도 방어망을 강화해 놨겠지만 기습 공격을 한다면 금방 깨뜨릴 수 있습니다. 만강특전대는 북한 최고의 특수부대인 경보병여단이 지킨다 해도 막지 못합니다."

"좋군, 기대하겠네."

"곧 좋은 소식을 보고드리겠습니다."

"설 장관. 지금 미국과 남한의 반응은 어떤가?"

"언론에서는 짖고 까불면서 난리를 피우지만 정작 미국이나 남한 정부는 아무것도 못 하고 있습니다. 북한은 워낙 폐쇄적인 집단이기 때문에 정보를 얻기가 너무 힘든 동넵니다."

"쿠데타 세력의 뒤에 우리가 있다는 보도가 연신 나고 있다. 그런데도 미국이 조용한 이유는 뭐지?"

"추측이기 때문입니다. 우리가 관여했다는 증거는 어디에도 없습니다. 추측만 가지고 함부로 떠들다가는 병신이 된다는 걸 놈들은 너무나 잘 알고 있으니 함부로 떠들지 못하는 겁니다."

"흐흐… 그렇겠지."

"남한도 마찬가집니다. 놈들은 벙어리 냉가슴 앓듯 회의나 열심히 하면서 끙끙거릴 뿐입니다."

"원래 한국 놈들이 그래. 놈들은 옛날부터 우리나라에 복속되어 살면서 눈치만 는 놈들이야. 가끔가다 박무현 같은 놈들이 덤벼보겠다고 깽깽대기도 했지만 언제나 한국은 우리 상대가 되지 않았다."

"맞는 말씀입니다."

"내가 D&S 연구소가 폭파되고 한국으로 넘어간 권단의 동북맹호가 몰살되었어도 참은 건 대사를 앞두고 있었기 때문이라는 걸 놈들은 꿈에도 몰랐을 것이다."

"잘하셨습니다. 박무현은 가소로운 놈입니다. 저 딴에는 강단을 보이고 있지만 약소국의 지도자가 무얼 할 수 있겠습니까."

"그놈 역시 곧 나에게 무릎을 꿇게 될 거야. 그때가 되면 철저하게 짓밟아줄 테다."

"생각만 해도 즐거운 일이군요."

"국방장관. 현재 우리 병력은 어떻게 하고 있나?"

"선양군부의 3개 군단이 언제든지 투입될 수 있도록 준비하고 있습니다."

"우리 군이 투입되면 미국이 움직일 테니 최후까지 지켜봐. 하지만, 북한의 사정이 여의치 않게 되면 미국이 어떻게 나오든 쓸어버릴 준비를 해놔. 이런 기회는 다시 오지 않을 테니 끝장을 본다는 각오를 하란 말이야."

"걱정하지 마십시오."

"우리는 이제 북한을 접수하면 새로운 역사를 쓰게 된다. 선조들이 늘 꿈꾸었던 한반도가 우리 손에 들어온단 말이다. 북한이 들어오면 남한마저 잡아먹는 건 일도 아니야. 그러니 마무리 잘하도록. 한 치의 오차도 생겨서는 안 돼!"

제3장
진압

북한 제3군단은 평안북도 정주시에 사령부가 위치하고 있으며 수도권 군단의 외곽 부대로서 전쟁 발발 시 남한을 침공하는 제2파 역할과 방어 시 평양을 수호하는 임무를 맡는다.

남한과의 접경지대에 위치한 제1, 2, 4, 5군단이 최초 접전을 펼치겠지만 본격적인 공세는 제3군단과 7군단이 수행한다.

전략상 가장 중요한 군단으로 병력과 화력 면에서 막강한 전력을 구축하고 있었기 때문에 당의 충성도가 가장 강한 인물이 군단장을 맡아왔다.

총참모장 신기혁이 제3군단을 방문한 이유는 모종의 음모가 진행되고 있다는 첩보를 확보했기 때문이었다.

그것은 김정은에 의한 것일 수도 있었고 친중파가 움직이는 것일 수도 있었다.

어떤 경우든 그의 입장에서는 평양을 벗어나야 했다.

김정은은 최근 들어 군부의 절대적인 지지를 받고 있는 그를 눈엣가시처럼 여기며 숙청의 시기를 노리는 중이었고 친중파 역시 독자 노선을 걷는 그를 어떡하든 제거하려 했기 때문이었다.

그랬기에 그는 자신의 수족인 제3군단장 이명학 상장이 있는 정주로 움직였다.

제3군단의 전력이라면 어떤 위협에서도 버틸 수 있을 것이란 판단을 했던 것이다.

쿠데타 발발 삼 일째.

시시각각 들어오고 있는 첩보에 따르면 평양은 아수라장으로 변해서 포탄이 난무하는 지옥이 되었다고 한다.

무수한 평양 시민들이 죽었고 현재도 죽어가는 지옥이 두무리의 이빨 아래 펼쳐지고 있는 중이었다.

총격전에서 포격전으로 전장의 상황이 변했다는 소식을 들은 후 그는 길고 긴 침묵을 깨고 자리에서 벌떡 몸을 일으켰다.

더 이상 참을 수가 없다.

국가는 인민이 있어야 존재하는 것인데 그 미친 자들은 자신들의 영달을 위해 근본을 흔들고 있었다.

이를 악물고 이명학 상장에게 지시를 내렸다.

자신의 영향력 아래 있는 제7군단장에게는 직접 전화를 걸어 지금부터 쿠데타 세력을 섬멸한다는 지령을 내렸다.

제5군단과 7군단은 실질적인 북한의 핵심 주력부대였으니 쿠데타 세력이 이끌고 있는 수도방위군단의 전력이 아무리 강하다 해도 2개의 군단이 움직인다면 충분히 제압이 가능했다.

그의 명령이 떨어지자 제3군단의 5개 전투사단과 기갑여단과 포병여단을 비롯한 전 병력이 일제히 출동 준비를 하기 시작했다.

이제 2시간 후면 전투준비가 끝날 것이고 내일 새벽이 되면 평양을 공략하고 있는 수도권 군단, 105탱크사단 등 쿠데타 세력의 후방은 제3군단의 공격에 의해 치명적인 타격을 입게 될 것이다.

명령을 받은 제3군단장 이명학은 지휘 벙커로 자리를 옮겨 출동 상황을 체크하느라 정신이 없었기 때문에 신기혁은 부관만을 데리고 사령부 뒤쪽에 있는 냇가로 향했다.

졸졸 흐르는 냇물을 보면서 그는 바위에 앉아 담배를 꺼내 들었다.

이놈의 담배.

너무 오랫동안 피웠기 때문일까.

담배를 피울 때마다 가슴이 묵직하게 아파왔고 목구멍에는 가래가 들끓었다.

그럼에도 이런 순간이 오면 그는 담배를 입에 물 수밖에 없었다.

인민들이 행복하게 살 수 있는 나라를 만들겠다는 김일성의 포부는 그의 후대로 넘어오면서 헛된 공상으로 변한 지 오래였다.

김씨 일가는 백두혈통이라는 말도 안 되는 전설을 만들어낸 후 왕조를 이루었고 인민들의 고혈을 빨면서 무소불위의 권력을 틀어쥔 채 극치의 쾌락에 여념이 없었다.

지독한 염증.

움직이지 못할 정도로 비대한 몸을 이끈 채 독사 같은 눈으로 자신을 바라보는 김정은을 볼 때마다 염증을 느꼈지만 그는 이를 악물고 고개를 숙여야만 했다.

북한은 이제 백두혈통이 없어지면 국가의 존망이 위태로운 상태였으니 반역은 꿈에도 생각하지 않았다.

백 년에 가까운 세뇌 교육으로 인해 인민들은 김정은을 신적인 존재로 여겼기 때문에 김정은을 친다면 인민들은 절대 그를 믿고 따르지 않을 것이다.

그리고 또 다른 이유는 중국이 심어놓은 세력이 너무 광범위하다는 것이었다.

만약 그가 군부를 움직여 김정은을 쳤다면 친중국계의 군단장들은 즉각 반역이라는 명분을 앞에 세우고 병력을 동원할 게 분명했다.

내전.

그렇다, 김정은을 사살한다는 것은 결국 내전을 일으키는 결과를 가져온다.

그랬기에 그는 신상에 위협을 느끼면서도 굴욕을 참아가며 김정은에게 고개를 수그렸다.

물이 참 맑다.

북한의 산하는 인민들의 무분별한 벌목과 쓰레기 투척으로 인해 병들고 피폐해진 지 오래였으나 사령부의 뒤를 길게 흐르는 냇물은 더없이 맑아 보기만 해도 마음이 차분하게 가라앉았다.

얼마나 있었을까.

10m 뒤에 있던 부관이 풀썩 쓰러지고 군관 복장을 한 사내가 다가온 것은 그가 천천히 자리에서 일어나 사령부로 돌아가려 할 때였다.

신기혁의 눈이 가늘게 떠졌다.

슬쩍 눈을 돌려 확인했지만 다가오는 건 한 명의 사내뿐이었다.

부관은 어떻게 당했는지 실신을 한 채 일어서지 못하고 있었다.

머리가 뿌옇게 변하면서 이가 저절로 악물려진 것은 사내의 태도가 너무나 여유로웠기 때문이었다.

저 정도의 여유로움이라면 이미 이 근방은 놈들에 의해 장악되었다는 뜻일 것이다.

자신의 안이함이 너무나 한심스러웠다.

이렇듯 중차대한 시기에 산책을 나온 자신의 행동은 죽어도 할 말이 없을 정도로 멍청한 짓이 분명했다.

막상 위기의 상황에서 죽는다는 생각을 하자 오히려 마음이 차분하게 가라앉았다.

그랬기에 그는 묵직한 목소리로 입을 열었다.

"너는 누구냐?"

"총참모장이 맞소?"

"내가 물었지 않느냐. 너는 누구냐고 물었다."

"나는 청룡이오."

"청룡?"

"그렇소. 그런데 곧 죽을 사람이 상당히 고압적이군. 팔다리가 잘리고 피가 분수처럼 솟구치면 사람은 비명을 지르게 돼. 그런 상황을 만들어줘야 순순히 대답을 하겠소?"

"크크크… 나를 우습게 본 모양이구나. 맞다, 내가 바로 대인민민주주의공화국 총참모장 대장 신기혁이다. 그런 나에게 감히 협박을 하다니… 너 같은 애송이의 가소로운 협박에 내가 두려움을 느낄 것이라 생각했느냐?"

"인민이 죽어 나자빠지는데도 도망쳐 나와 숨어 있는 주제에 큰소리를 치는군. 부끄럽지도 않소!"

"으… 원기백이 보냈느냐?"

강태산의 질책에 신기혁의 얼굴이 부들부들 떨렸다.

가슴에 칼날을 박아 넣은 것 같은 아픔.

자신을 바라보고 있는 자는 단 한 마디의 말로 그를 부끄러움과 분노를 느끼게 만들었다.

입에서 긴 신음이 흐른 후 신기혁이 잇새로 때려 박듯 묻자 강태산의 표정도 슬그머니 굳어졌다.

"누가 보낸 게 무슨 상관이오?"

"원기백이 보냈겠지, 이 개새끼… 참으로 운이 좋은 놈이로다. 하루만 지났으면 목숨을 끊어놓을 수 있었을 텐데……."

"당신이 병력을 움직이려 한다는 걸 알고 있소. 하지만, 그게 얼마나 어리석은 짓인지 아는 거요?"

"어리석어?"

"지금 평양 시내는 수많은 사람이 죽어가고 있지. 그런 마당에 당신의 병력까지 가세한다면 얼마나 많은 사람들이 죽을까. 그것만이 아니야. 비록 쿠데타를 일으킨 놈들에 의해 움직이고 있지만 지금 박 터지게 싸우고 있는 병력은 아무것도 모르는 희생양들일 뿐이오. 그런 그들을 모조리 죽일 셈이요?"

"으… 다시 묻겠다. 너는 누구냐?"

"말했을 텐데… 청룡이라고."

"너는 원기백이 보낸 자가 아니구나."

"그렇소."

"정체를 밝혀라!"

신기혁이 완전히 자리에서 일어나 강태산을 마주 보았다.

강태산을 바라보는 그의 눈은 시퍼런 정광이 번쩍거리며 흘러나오는 중이었다.

적이라면 이런 이야기를 지껄이며 시간을 보내는 짓은 절대 하지 않을 것이다.

그렇다면 이자는 아군일 가능성이 컸다.

강태산의 입이 열린 것은 시퍼런 눈으로 자신을 바라보는 신기혁의 눈을 한참 동안 응시한 후였다.

"용건이 있으니 말해주지. 나는 대한민국에서 왔소."

"남한에서 왔다고. 왜?"

"당신에게 한 가지 제안을 하기 위함이오."

"네 행동을 보아하니 나를 죽일 생각이 없는 모양이구나.

들어는 보자. 남한의 정보원이 그 먼 길을 건너 나를 찾아온 이유가 도대체 뭐냐?"

신기혁이 눈을 지그시 오므렸다.

강태산의 정체가 너무나 의외였기 때문이었다.

하지만 강태산은 그의 의문을 풀어주는 대신 그동안 건들거리던 태도를 정중하게 바꾸고 하고 싶은 이야기를 이어나갔다.

"지금 중국은 선양군부 3개 군단을 압록강 접경지대에 대기시킨 상탭니다. 총참모장께서 제3군단을 움직여 쿠데타 세력을 친다면 그자들이 들어올 공산이 큽니다."

"뭐라!"

"내 말은 사실입니다. 총참모장께서는 지금 쿠데타 세력을 치는 것보다 중국을 견제하는 것이 더욱 중요합니다."

"중국… 이 미친놈들이… 끝장을 보려는 수작이구나."

"상황이 너무 급하니 서둘러야 됩니다."

"으… 그래도 지금은 어쩔 수 없다. 영도자 동지께서 살아있는 이상 쿠데타를 먼저 제압하는 것이 우선이다. 중국과의 문제는 그다음이야."

"그건 내가 해결해 주겠습니다. 그러니 총참모장께서는 중국을 견제하는 동시에 정국을 안정시켜 주십시오."

"네가 어떻게?"

*　　　*　　　*

미합중국 대통령 해밀턴은 국방장관 존 스미스, 국무장관 톰 클랜시, CIA 국장 패트릭 케인과 함께 긴급회의를 열고 있었다.

회의용 탁자에 둘러앉은 그들의 표정은 심각했는데 회의 주제는 현재 북한에서 벌어지고 있는 쿠데타에 관한 것이었다.

해밀턴은 3년 전 민주당의 대선 주자로 나서 지지율 58%로 대통령에 당선되었고 좌중에 앉아 있는 인물들은 그가 집권하면서 주요 보직을 차지한 측근들이었다.

해밀턴은 순수 정치인 출신이지만 상황 분석 능력이 뛰어났고 외교적 술수에도 능한 사람이었다.

"북한 접경지대에 포진하고 있는 중국군의 병력은 얼마나 되는 거요?"

"선양군부에 소속되어 있는 3개 군단이 모두 움직였습니다. 쿠데타가 시작되면서 바로 움직였기 때문에 그들은 당장 북한으로 진입이 가능한 상탭니다."

"그 정도 병력으로는 북한을 장악하기 힘들 텐데?"

"중국의 군단 병력은 우리가 통상적으로 생각하는 것보다 훨씬 많습니다. 선양군부 3개 군단은 북한의 5개 군단 병력과 비슷하고 보유한 전투 장비도 월등합니다."

"그 정도요?"

"중국은 최근 30년 동안 전력 증강에 온 힘을 기울여 왔습니다. 우리가 보유한 스텔스 F-22기와 비슷한 수준의 J-30이 500대가 넘고 각종 전략무기들도 어마어마하지요. 북한은 중국의 상대가 되지 않을 겁니다."

국방장관 존 스미스의 설명에 해밀턴의 안색이 더욱 침중하게 가라앉았다.

중국이 전력 증강을 위해 수많은 돈을 쏟아붓고 있다는 사실을 알고 있었지만 막상 국방장관의 설명을 듣자 잠시 동안 침묵을 지켰다.

하지만 그는 곧 국무장관을 바라보며 질문을 이어나갔다.

"국무장관은 중국이 정말 북한으로 진입한다면 우리가 어떻게 해야 된다고 생각합니까?"

"상황이 답답하군요. 그동안 우리는 북한을 적으로 간주하고 수많은 경제 제재와 압박을 가해왔습니다. 그런 우리가 북한을 돕겠다고 나선다면 세계가 웃을 것입니다."

"그럼 이대로 가만히 있어야 된단 말이오?"

"가만히 있을 수는 없지요."

"그럼?"

"남한을 이용해야 됩니다. 박무현 대통령은 민족주의자입니다. 남한 쪽에 원조를 해준다는 약속을 해준다면 남한이 움직일 가능성이 큽니다."

"자칫하면 3차 대전이 일어날 수도 있어요."

"그래서는 안 되지요. 대통령께서도 잘 아시겠지만 냉전이 끝나면서 태평양 방어선의 의미는 상당히 사라진 상태입니다. 세계의 여론이 들끓겠지만 누구도 나서서 북한을 돕지는 않을 것이고 그것은 남한이 움직여도 마찬가집니다. 그렇기 때문에 우리가 직접 움직이지 않는 것에 대해서 비난하지 못할 겁니다. 더군다나 한반도 내에서의 전쟁이라면 우리 쪽도 나쁠 것이 없습니다."

"무슨 뜻이오?"

"원조는 말뿐입니다. 세상에 공짜가 어디 있겠습니까. 우리 경제는 현재 답보 상태에 있으니 방산업체에 쌓여 있는 재고 무기들을 모두 풀어낼 수만 있다면 경제는 다시 한 번 날개를 달게 될 것입니다."

"허어, 그럼 남한에 무기를 팔자는 거요?"

"냉철하게 생각해야 됩니다. 물론 지금 시나리오는 최악의 상황을 감안한 것이지만 충분히 실현 가능성이 있습니다. 우리는 북한의 쿠데타 상황을 지켜보면서 남한 쪽과 긴급한 공조에 들어가야 합니다."

"대통령님, 국무장관의 말이 일리가 있습니다. 세계는 자국 이기주의 정치로 변한 지 오랩니다. 그동안 남한이 우리의 전통적 우방이었지만 미국이 위험을 무릅쓰고 나선다는 것은 말도 안 되는 일이지요. 더군다나 전쟁이 끝나고 나면 우린 더욱더 커다란 이득을 얻을 수 있습니다. 중국이 한반도를 집어삼키기 위해서는 우리의 동의가 반드시 필요합니다. 다시 말하면 우리에게 어마어마한 보상을 내놓아야 된다는 뜻입니다."

국무장관에 이어 CIA 국장 패트릭 케인이 거들고 나섰다.

그는 현재의 상태와 전쟁 시나리오, 최악의 상황에서 전쟁이 중국의 승리로 끝났을 경우까지 조목조목 따져가며 미국이 얻을 수 있는 이득에 대해 나열했다.

좌중의 인물들은 그의 설명에 따라 고개를 끄덕였고 결국 해밀턴의 얼굴에서도 웃음이 떠올랐다.

한반도의 위기가 미국 경제에 막대한 이득을 가져온다는 참모들의 조언은 그의 고민을 말끔하게 해소시켜 주는 것이었다.

* * *

권단 만강특전대의 제3력장 마성효는 어둠을 뚫고 전진하는 대원들의 움직임을 관찰하며 시계를 들여다봤다.

현재 시각 11시 27분.

연성에 있는 815기계화보병사단 지하 벙커까지는 불과 3km 남짓 남아 있을 뿐이다.

연성 주변에는 엄밀한 방어막이 구성되어 있었지만 만강특전대원들은 적진의 경계를 뚫고 은밀하게 접근하고 있었다.

김정은의 존재로 인해 적들은 경계를 강화하고 있었으나 수많은 특전 교육과 훈련으로 다져진 자신의 부하들은 귀신처럼 적들의 초병들을 하나씩 제거하며 목적지를 향해 다가가는 중이다.

벙커에 가까워질수록 경계병들의 숫자가 점점 많아지고 있었기 때문에 전진 속도는 점점 줄어들 수밖에 없었다.

이 작전의 생명은 신속, 정확하게 적을 기습할 수 있느냐 없느냐에 따라 성공 여부가 결정된다.

김정은을 사살하기 위해 동원된 만강특전대 병력은 150명에 불과했기 때문에 정보가 새어 나가거나 기습이 실패하게 되면 막대한 희생만 남긴 채 작전을 실패할 우려가 있었다.

10여 분을 더 전진하자 어둠 속에서 우뚝 솟은 산이 나타났다.

목적지.

휴대용 위치계를 확인하자 경도 23, 위도 37을 가리키고 있다.

연성의 남쪽에 있다고 해서 연남산이라 불리는 곳.

이곳이 바로 김정은이 꼬리를 만 채 숨어 있는 장소였다.

앞쪽에서 초병들을 제거하며 전진하던 전위병이 자리에 주저앉는 것을 확인한 그가 주먹을 슬그머니 쥐었다가 펴자 그를 따르던 제3대 병력 30명이 전진을 멈추었다.

어둠 속에서도 100m 전방부터 싸늘한 살기가 느껴지고 있었다.

다시 손목시계를 확인하자 자정에서 5분 전을 가리키고 있다.

이제 5분 후면 다섯 개 조로 편성된 중국 최정예부대 만강 특전대의 전사들이 초토화작전을 펼치게 된다.

자신도 모르게 가슴이 흥분으로 인해 흔들리는 것이 느껴졌다.

적들의 숫자는 그리 많지 않을 것이다.

지금 평양에서는 원기백의 병력이 총력전을 펼치고 있기 때문에 김정은을 추종하는 부대들은 전부 평양 외곽 방어선으로 빠져나간 상태였다.

요소요소에 존재하고 있는 기관총 요새를 제거하고 산으로 진입할 수만 있다면 이 작전은 완벽하게 성공할 가능성이 컸다.

*　　　*　　　*

강태산이 연성으로 돌아온 것은 저녁 8시 무렵이었다.

평양을 거쳐 정주까지 갔다 오느라 몸은 피곤했으나 그는 설민호와 차지연에게 기습군이 올지 모른다는 말을 한 후 또 다시 연성을 빠져나갔다.

불빛 하나 없는 어둠 속에 동화된 그의 움직임은 바람과 같았다.

워낙 빠르다 보니 그림자조차 남기지 않아 일반 사람은 그가 주변을 지나쳤다는 걸 봐도 모를 지경이었다.

쿠데타군이 평양 시내를 향해 무차별적인 포격전을 펼치며 총력으로 전진하는 것을 확인한 그는 이것이 어쩌면 김정은을 사살하기 위한 성동격서 전략일지도 모른다는 생각을 했다.

그리고 그 추측은 정확하게 맞아들어 얼마 지나지 않아 연성을 향해 접근하고 있는 정체불명의 병력을 확인할 수 있었다.

놈들은 곳곳에 배치되어 있는 815기계화보병사단의 초병들을 해치우면서 접근하고 있었는데 그 행동이 무척 신속했고 깨끗했다.

어둠을 뚫고 전진하는 병력을 따라가며 놈들의 입에서 나오는 말이 중국어라는 것을 듣는 순간 정체가 짐작이 갔다.

권단이 들어왔을지 모른다는 최 국장의 이야기가 떠올랐기 때문이다.

가소로운 놈들.

외세의 힘을 빌려 정권을 차지하겠다고 날뛰는 놈들을 생각하자 피가 거꾸로 솟구쳤다.

권단의 병력은 휴대용 미사일까지 보유했고, 그 숫자도 생각보다 훨씬 많았다.

접근로는 다섯 방향.

각각의 병력을 감안한다면 백오십은 족히 된다는 뜻이다.

지금 당장 처치하고 싶은 마음이 굴뚝같았으나 강태산은 분노를 내리누른 채 연성이 가까워지자 바람처럼 몸을 날렸다.

"준비해. 놈들이 오고 있다."

강태산이 돌아와 지시를 내리자 설민호와 차지연의 얼굴에 놀라움이 들어섰다.

정찰에서 돌아온 강태산이 연성을 떠나면서 기습이 있을 것 같다는 말을 했을 때 반신반의했다.

그럴 수도 있겠지만 연남산을 지키는 김정은의 호위대는 모두 정예병이었고 화기도 막강해서 웬만한 병력으로는 기습이 어려울 것이라 판단했기 때문이다.

그러나 어둠 속에서 불쑥 나타난 강태산의 표정은 잔뜩 굳어 있어 방금 한 말이 사실임을 나타내고 있었다.

"대장님, 정말 기습입니까?"

"그렇다."

"숫자는요? 혹시 정체는 아셨습니까?"

"놈들은 중국의 권단 소속 특전대인 것 같다. 숫자는 백오십이 넘어."

"되놈들이 온다고요?"

"병신새끼들이 기어코 중국 놈들에게 손을 내민 모양이야."

강태산이 스윽 인상을 내리긋자 그동안 두 사람의 대화를 듣고만 있던 차지연이 나섰다.

그녀는 기습군의 정체가 중국의 권단이란 말을 듣자 얼굴이 싸늘하게 가라앉아 있었다.

"준비하란 건 우리가 놈들을 잡자는 뜻인가요?"

"아니, 그럴 필요 없다."

"그럼요?"

"놈들이 기습한다는 것을 알려만 주면 된다."

"누구한테요? 아!"

"역시 비너스가 영특하구만. 그래, 김정은의 호위대가 알 수 있게 해주는 거다."

"기습을 알려주고 박 터지게 싸우도록 만들어주자는 거

군요."

"대장님, 우리 임무가 김정은을 지키는 것 아닙니까. 기습을 미리 안다 해도 권단의 특전대라면 연남산이 위험해질 수도 있습니다."

"그러라고 하는 거야."

"도대체 저는 무슨 말씀이신지 모르겠습니다."

"질문은 그만하고 준비해. 놈들이 곧 들어선다."

"알겠습니다."

강태산이 말을 칼같이 끊어버리자 설민호의 입이 닫혔다.

하지만 그의 얼굴에는 여전히 의문이 남아 있었다.

강태산의 손이 슬그머니 올라가자 최대 사거리 300m에 달하는 PO—300 유탄발사기가 설민호와 차지연의 어깨에 올려졌다.

PO—300는 기존 유탄발사기의 폭발력을 극대화했고, 사거리와 정확도를 혁신적으로 발전시킨 명화엔지니어링의 최첨단 무기이다.

"쏴!"

강태산은 어둠을 뚫고 병력이 나타나자 조금도 망설이지 않았다.

현재 위치는 연남산을 지키는 호위대의 주 방어선에서 불과 50m 떨어진 야산의 둔덕 밑이었다.

적들을 향해 유탄을 날렸을 때 무차별적으로 날아올 호위대의 총탄을 완벽하게 방어할 수 있는 천혜의 지형이었다.

설민호와 차지연의 엄지손가락이 가볍게 당겨졌다.

강태산이 가리킨 방향을 향해 각각 세 발씩의 유탄이 날아갔다.

그런 후 얼마 지나지 않아 칠흑 같은 밤을 환하게 밝히는 폭발이 일어났다.

콰앙! 콰앙! 콰앙!

끊임없이 난사되는 기관단총 소리가 귀청을 떨어지게 만들었고, 양쪽에서 쏘아대는 유탄과 휴대용 미사일이 서로를 향해 미친 듯 날아갔다.

김정은을 호위하고 있는 병력은 300명에 가까웠고 산을 이불 삼아 방어했기 때문에 침입자들에 비해 유리한 조건이었으나 권단이 보유한 휴대용 미사일은 그런 조건을 일거에 뒤집을 만큼 강력한 위력을 보여주고 있었다.

권단의 병력은 사방에서 터지는 포탄을 뚫고 빠른 속도로 연남산을 오르며 방어선을 허물었다.

커다란 피해가 발생하고 있었으나 그들의 속도는 조금도 줄어들지 않았다.

중국 수십억의 인구 중에 최고의 전사들만 가려 뽑았다는 만강특전대는 무시무시한 위력을 보이며 촘촘히 깔려 있는 방어선을 하나씩 깨뜨렸다.

그러나 그들을 상대하고 있는 김정은의 호위 병력 역시 북한군에서는 최정예에 꼽히는 전사들만 몸담을 수 있는 막강 부대였다.

비록 권단의 위력에 방어선이 무너지고 있으나 그들은 조금도 물러서지 않고 침입자들을 향해 총탄을 날려댔다.

"앞으로 30분이면 끝나겠군."

전투가 벌어지는 틈을 이용해서 연남산의 정상부까지 올라 전황을 살피던 강태산의 입에서 음산한 목소리가 흘러나왔다.

그는 삼부 능선을 돌파해서 무서운 기세로 치고 올라오는 만강특전대를 바라보며 고개를 좌우로 꺾었다.

"저 새끼들, 정말 지독하네요."

"죽는 걸 두려워하지 않는 모양이야. 도대체 얼마나 혹독한 훈련을 받았기에 저 정도까지 할 수 있을까?"

차지연이 눈살을 찌푸리자 설민호가 상황에 어울리지 않는 감탄사를 터뜨렸다.

만강특전대는 동료가 옆에서 쓰러지는데도 전혀 신경 쓰지 않고 오로지 전진을 거듭하고 있었던 것이다.

투시경을 쓴 채 전형적인 야간전투 복장을 갖춘 권단의 병력은 이제 50여 명으로 줄어들었지만 김정은의 호위대는 불과 20여 명이 남아서 마지막 방어선을 사수하느라 안간힘을 쓰고 있었다.

벙커에 남아 있던 십여 명의 호위 병력이 가세한 것은 끝까지 아껴놓은 권단 병력의 소형 미사일이 최후 방어선을 타격해서 반파시킬 때였다.

"이제 가볼까?"

"어쩌시려고요?"

"뭘 어째. 저 새끼들을 처리해야지."

"그렇군요."

반문을 한 차지연이 슬쩍 얼굴을 붉히며 먼저 몸을 날리는 강태산의 뒤를 따랐다.

설민호는 벌써 팔부 능선까지 달려 내려가 야시경이 달린 K—51을 어깨에 댄 채 저격 준비를 하고 있었다.

"민호가 자리를 잘 잡았다. 지연이 너는 내가 놈들을 휘저어놓을 테니까 반대쪽을 처리해."

"알았어요."

차지연이 고개를 끄덕인 후 설민호와 구십 도 방향으로 달려가는 것을 확인하고 강태산은 곧장 산 아래쪽을 향해 움직였다.

살아남은 권단의 숫자는 서른 명 남짓.

놈들은 마지막 방어 병력까지 해치우고 더 이상 저항이 없어지자 잔뜩 웅크리고 있던 몸을 일으켜 세운 후 전력으로 벙커를 향해 달려오고 있었다.

파앙! 파파팡!

강태산의 이동은 설민호가 지키는 좌에서부터 시작되었다.

그는 현천기공을 가동시킨 태을경공을 전력으로 시전하며 만강특공대를 때려잡기 시작했다.

눈에 보이지도 않을 만큼 빠른 속도로 움직였지만 그의 K—51은 여지없이 특전대원들의 몸을 관통하고 있었다.

어이없는 죽음.

작전에 성공했다는 안도감이 머릿속을 채우기도 전에 그들은 강태산의 총에 의해 순식간에 십여 명이 사살되었다.

하지만 만강특전대의 대응은 신속하고도 빨랐다.

은폐물을 찾아 빠른 속도로 몸을 숨긴 그들은 어둠 속에서 빛나는 총신을 향해 무차별적인 총격을 가했다.

태을경공이 없었다면 위험했을 정도로 그들의 반응은 대단히 빨랐다.

설민호와 차지연의 저격이 시작된 것은 번개처럼 이동하는 강태산을 잡기 위해 권단 병력의 총구가 불을 뿜을 때였다.

정확한 조준 사격.

설민호의 사격 실력은 오래전부터 정평이 나 있었지만 차지연의 저격은 거의 오차가 없을 정도였다.

청룡대원 중에서 가장 정확하다는 그녀의 총구는 총신에서 불이 터져 나올 때마다 적들의 몸통을 사정없이 찢어놓았다.

한 발에 한 명의 목숨이 사라진다.

모습을 숨긴 채 저격의 칼날이 어둠을 뚫고 날아와 동료들의 목숨을 끊어버리자 겨우 남아 있던 십여 명의 권단 특전대의 얼굴에 두려움이 떠올랐다.

악마의 숨결.

그들이 느낀 것은 형체도 없는 악마의 뜨거운 숨결이었을 것이다.

잔존한 병력이 저격을 피해 몸을 웅크리고 고개를 들지 못하자 이번에는 그들의 후방으로 내려간 강태산의 공격이 재개되었다.

아무리 훌륭한 은폐물에 몸을 숨겼어도 전후에서 공격을 당한다면 목숨은 풍전등화가 돼버린다.

파앙! 팡팡팡!

눈부신 속도로 이동하는 강태산의 총구가 사정없이 불을 뿜었다.

그럴 때마다 마지막까지 숨어 있던 자들의 목숨이 부질없이 날아갔다.

놈들의 은폐물을 하나씩 확인하고 생존자가 없다는 것을 확인한 강태산은 그 즉시 벙커를 향해 날아갔다.

벙커의 입구는 굳게 닫혀 있었으나 강태산에게는 아무런 문제가 되지 않았다.

현천기공을 가동하고 문짝을 향해 발길질을 가하자 강철로 제작된 출입구가 통째로 뜯어져 나갔다.

봉쇄됐던 출입구가 열리자 안에서 무차별적인 총격이 터져 나왔다.

이렇게 급박한 상황에서도 벙커에 있는 수뇌부를 지키기 위해 호위대가 남아 있었던 모양이다.

측벽에 몸을 숨긴 채 총구만 내밀고 있는 자들을 향해 강태산은 한월을 빼어 든 후 지체 없이 던졌다.

파산도법의 제5초 회륜.

칼이 파란빛을 뿜어내며 날아가더니 측벽에 몸을 숨긴 채 총을 난사하고 있는 세 명의 호위대를 순식간에 베어 넘겼다.

무서우리만치 잔인하고 정확한 비도.

그들의 목을 절단한 한월의 도신에는 피 한 방울 묻어 있지 않았다.

호위대를 처리하고 강태산이 벙커의 복도에 들어서자 곧이어 설민호와 차지연이 사격 자세를 갖춘 채 뒤를 따랐다.

벙커의 구조는 단순했다.

방 두 개와 각종 전자 기기가 배치되어 있는 상황실이 전부였다.

상황실의 문은 잠겨 있었으나 그 문 역시 강태산의 발길질에 쉽게 열렸다.

안으로 들어서자 다섯의 병사와 세 명의 장성이 보인다.

그들은 이미 저항을 포기한 듯 아무런 병기도 들고 있지 않았다.

"김정은은 어디에 있나?"

강태산이 질문하자 세 명의 장성은 눈을 감았고, 대신 병사들의 눈이 좌측 문을 가리켰다.

비릿한 웃음이 강태산의 얼굴에 떠올랐다.

"타이거, 비너스, 너희들은 이자들의 머리통에 총구를 대라. 현재 평양을 방어하고 있는 병력에 후퇴 명령을 내리라고 해. 거부하면 바로 사살해도 된다."

"알겠습니다."

천천히 다가가 문을 열자 정말 돼지를 연상시킬 만큼 살이 찐 사람의 모습이 보였다.

왼팔을 붕대로 칭칭 감고 있는 김정은은 강태산이 들어섰음에도 제대로 일어서지 못했다.

"김정은, 여전히 피둥피둥하구나. 이런 상황에서도 잘 처먹은 모양이야?"

"너는 누구냐?"

"인민을 위해 너를 죽이라는 명령을 받고 온 지옥의 사자다."

"감히 누구 앞에서 장난질을 하고 있어? 죽고 싶은 게냐?"

"네 눈에는 아직도 내가 장난하는 것으로 보여?"

강태산은 피식 웃음을 흘리곤 곧바로 한월을 휘둘렀다.

그러자 성한 김정은의 오른팔이 바닥으로 떨어져 나가며 피분수가 솟구쳤다.

"악, 아악!"

멀쩡하던 사지가 떨어져 나가는 고통.

그 고통은 온몸이 타 들어가는 것처럼 뜨거웠고, 몸에서 흘러나오는 피분수는 김정은의 머리를 하얗게 만들었다.

"아픈 모양이구나, 비명을 지르는 걸 보니. 그런 놈이 왜 다른 사람의 고통은 모르지?"

"으악! 살려줘!"

"살려달라고? 나는 너의 돼지 같은 몸이 역겹다. 그래서 손을 더럽히고 싶지 않아. 하지만 너로 인해 죽어간 수많은 인민의 영혼이 나에게 애원하고 있어서 도저히 안 되겠다."

"…살려만 준다면 뭐든지 해주마. 나는 인민민주주의공화국의 영도자 김정은이란 말이다."

"미친 새끼, 그런 좆같은 소리는 지옥에나 가서 떠들어!"

강태산은 전혀 망설이지 않고 김정은의 목을 향해 한월을 휘둘렀다.

간단한 손짓.

그 손짓 한 번에 수십 년 동안 무소불위의 권력을 휘두르며 북한을 공포에 떨게 만들었던 김정은의 머리가 땅바닥을 뒹굴었다.

김정은을 처리한 강태산은 한월을 들고 상황실로 나온 후 미친 듯이 후퇴 명령을 내리는 장성들의 목소리를 들었다.

815기계화보병사단과 호위사령관은 저마다의 부대에 즉각적인 후퇴 명령을 내리고 있었는데 거의 미친 사람들처럼 보였다.

잠시 후, 그토록 떠들썩하던 지하 벙커에서 장성들의 목소리가 잦아들었다.

그들의 명령에 일선 지휘관들은 기다렸다는 듯 전선을 이탈하겠다는 복창을 해왔다. 그만큼 전세가 불리했기 때문일 것이다.

모든 상황이 종료되자 소파에 앉아 있던 강태산은 천천히 자리에서 일어났다.

그런 후 장성들을 향해 K—51소총을 들어 올렸다.

"이봐 늙다리들, 그동안 잘 살았을 테니 이만 죽어야겠다. 지옥에 가면 김정은 같은 놈의 똥구멍은 핥지 말고 제대로 살아봐. 눈은 감지 않아도 돼. 금방 끝내줄 테니까!"

* * *

강태산이 김정은의 측근들을 눈 하나 깜박하지 않고 사살해 버리자 설민호와 차지연이 기겁하면서 총구를 병사들에게 향했다.

병사들은 그들이 총구를 들이밀자 사색이 되어 벌벌 떨어댔다.

"대장님, 이게 뭡니까? 왜 장성들을 죽인 겁니까?"

총구를 고정시킨 설민호가 너무 놀란 때문인지 커다란 목소리로 물어왔다.

하지만 강태산은 이미 총구를 내린 채 태연한 표정을 짓고 있었다.

"어차피 죽일 생각이었다. 저자들은 살아 있을 필요가 없어."

"김정은을 지킨다면서요. 혹시 김정은도… 대장님!"

"놀란 모양이구나."

"도대체 왜……?"

"나도 처음에는 김정은을 살릴 생각이었다. 하지만 평양 시내에서 죽어가는 수많은 사람들을 보니 생각이 바뀌더군. 김정은은 살아 있어 봐야 북한에 전혀 도움이 되지 않는 놈이야. 국민을 국민으로 대하지 않고 개돼지로 대하는 놈은 살아 있을 필요가 없어."

"상부에서는 김정은을 살려서 쿠데타를 막으라고 지시했잖습니까?"

"그랬지. 하지만 나에게 그보다 더 괜찮은 방법이 있다. 그러니 걱정하지 않아도 돼. 자, 이제 출발하는 게 좋겠다."

"어디로요?"

"쿠데타를 막아야 할 것 아니냐. 시간이 없으니 일단 우리는 B조 쪽으로 이동해서 세부적인 작전을 짠다."

강태산이 명령을 내리자 설민호가 병사들을 가리켰다.

"쟤들도 죽입니까?"

"쟤들을 죽여서 뭐에 쓰겠어. 먼저 나가. 쟤들은 내가 처리하고 갈 테니까."

"알겠습니다."

강태산의 말에 설민호와 차지연은 길게 한숨을 내쉬면서 총구를 내렸다.

아직 20대에 불과한 병사들의 눈은 겁에 질린 사슴과 비슷했다.

그런 자들을 죽인다는 건 인간으로서 차마 하기 어려운 짓이었기에 강태산이 살려주겠다고 말하자 안도의 한숨을 내쉬며 급하게 벙커를 빠져나갔다.

두 사람이 빠져나가는 순간 강태산이 번개처럼 움직이며 병사들 사이를 누볐다.

마치 한순간에 이루어진 듯한 번개 같은 타격.

나란히 앉아 있던 병사들이 동시에 의식을 잃고 쓰러진 것은 눈 몇 번 깜박할 사이에 불과했다.

강태산은 어지럽게 쓰러진 병사들을 바라보다가 천천히 벙커를 벗어났다.

병사들은 오늘 이 순간의 일에 대해 앞으로 영원히 기억하지 못할 것이다.

유상철에게서 전화가 온 것은 강태산 일행이 평양 외곽에 있는 용성리를 통과할 때였다.

용성리는 평양에서 동쪽으로 10㎞ 정도 떨어져 있기 때문에 쿠데타군의 진격로에서 꽤나 비껴나 있는 곳이다.

"어찌 되었나?"

"찾았습니다. 놈들은 평양 북쪽에 있는 북산리에 있습니다. 좌표 부르겠습니다. 경도 34, 위도 41입니다."

"대원들은?"

"현재 은폐해서 대기 중입니다."

"놈들을 지키는 병력은 얼마나 되지?"

"사령부 병력을 모두 합해서 이백 명 정도 될 것 같습니다."

"알았다. 최대한 빨리 갈 테니 거기서 기다려."

강태산은 전화를 끊고 뒤쪽에서 눈을 빛내고 있는 설민호와 차지연을 바라봤다.

그들은 아직도 강태산의 의중을 파악하지 못했기 때문에 의문이 가득 찬 눈을 하고 있었다.

"우리는 오늘 중으로 모든 일을 끝낸다."

"대장님, 김정은을 죽이고 쿠데타 세력까지 아작 내면 북한은 권력 집단이 모두 무너져 내려요. 극심한 혼란에 빠지게 될 거예요."

"아니, 그렇게 되지 않는다."

"대장님, 너무 신비주의로 일관하면 매력이 떨어져요. 대충 안달 나게 했으면 몸을 풀어줘야 되는 거라구요."

"향후 북한의 권력은 총참모장 신기혁이 잡을 것이다. 그가 앞으로 북한의 지도자다."

"신기혁!"

강태산의 말에 차지연 대신 설민호가 놀란 목소리를 흘려냈다.

신기혁은 외신에서 김정은이 칼을 뽑는다면 숙청 1순위로 거론되던 군부의 핵심 멤버이다.

논리로 가득 찬 질문이 나온 것은 다시 차지연으로부터였다.

"북산리에 있다는 쿠데타 세력을 해치워도 노동당과 군부에는 꽤 많은 친중 세력이 있어요. 더군다나 북한 사람들은 김정은을 신처럼 여겨왔으니까 그가 죽었다는 걸 알게 되면 엄청난 혼란에 빠지게 될 거예요."

"그 옛날 북한을 만들어낸 김일성이 죽었을 때 북한은 패닉 상태에 빠졌지. 하지만 그 아들인 김정일이 권력을 이어받으면서 다시 인민들을 세뇌시켰는데 그것이 바로 백두혈통이라는 논리였다. 그토록 충격에 빠져 허우적거릴 것 같던 북한은 김일성이 죽은 지 얼마 되지 않아서 다시 김일성이 살아있을 때와 똑같은 생활로 돌아갔다. 그것은 김정일이 죽고 김정은이 정권을 잡았을 때도 마찬가지였어."

"그래도 그자들은 백두혈통이라는 명분이 있었잖아요."

"북한 주민들도 결국은 백성이다. 고려시대에도, 조선시대에도 쿠데타는 있었어. 그때 고려가 망했고 조선이 망했는지 잘 봐라. 나라의 국민은 배불리 먹고 편안하게 살 수만 있다면 누가 정권을 잡아도 상관없는 사람들이야. 김씨 일가가 죽을 때마다 북한 주민들이 패닉 상태에 빠진 것은 두려움이 컸기 때문이지 정말로 김씨 일가를 사랑해서가 아니란 말이다."

"대장님은 김정은이 죽었어도 북한이 정상적으로 돌아갈 것이라고 생각하는군요."

"당분간은 혼란이 생기겠지만 새로운 정권이 들어서면 혼란은 금방 가라앉을 것이다."

"대장님은 신기혁이 정권을 잡을지 어떻게 알아요?"

"내가 그를 만났다. 권력의 특성은 먼저 움직인 자가 틀어잡는 법이기 때문에 그에게 먼저 움직이라고 조언했다."

"대장님이 그를 만났다고요?"

"그래, 평양에서 곧장 벗어나 정주에 있는 제5단에 다녀왔다."

"그가 대장님의 말을 믿던가요?"

"김정은과 쿠데타 세력을 한꺼번에 처리해 주겠다고 약속하면서 결과를 보고 움직일지 말지를 결정하라고 했다. 그는 쿠데타를 진압하기 위해 이미 출동 준비를 마친 상태였어. 내가 하루만 시간을 달라고 했지. 오늘 중으로 우리가 쿠데타 세력의 수뇌부를 모두 제거한다면 그는 내 말대로 북한의 권력을 손아귀에 넣을 거다."

"만나보니 어떻던가요. 김정은보다 괜찮았나요?"

"김정은은 그의 발끝에도 미치지 못할 정도로 그릇이 크더라. 그는 인민을 우선으로 생각하는 사람이었다."

"대장님이 인정할 정도라면 괜찮은 사람인 모양이네요. 그런데 그 짧은 시간에 어떻게 거길 다녀온 거예요?"

"질문은 이제 끝. 급한 것부터 처리해야 되니까 일단 가자."

"이봐요, 대장님. 아까 말했잖아요. 열이 오른 여자는 당장 풀어주지 않으면 히스테리를 부린다니까요?"

*　　　　*　　　　*

중국의 특수부대를 총괄하는 권단장 왕문은 수도방위군단 사령부에 마련된 벙커에 앉아 급하게 들어오는 자신의 부관 장호를 향해 눈을 부릅떴다.

벌써 시간은 새벽 3시를 훌쩍 넘고 있었지만 연성을 공격하기 위해 떠난 특전대에게서 1시 40분을 마지막으로 교신이 끊어졌다.

"아직도 연락이 안 되나?"

"단장님, 아무래도 이상합니다. 각 대의 채널 모두 먹통입니다."

전시 상황에서 잘 되던 연락이 안 된다는 것은 한 가지 이유밖에 없다.

전멸.

그렇다. 죽은 자는 말이 없는 법이니까.

왕문이 불안감을 느끼고 있는 것은 그러한 사실을 너무나 잘 알기 때문이었다.

"지금 우리 병력은 얼마나 남아 있지?"

"단장님을 지키기 위해 1팀이 상주하고 있습니다. 모두 합해 서른둘입니다."

"반으로 찢어라. 시간이 없으니까 최대한 빠른 속도로 움직어. 노출이 되어도 상관없으니까 차량을 이용해서 최단 경로로 움직이도록. 도착해서 무슨 일이 있었는지 확인해서 보고하란 말이야!"

"곧바로 조치하겠습니다. 그런데 단장님, 방금 이상한 정보를 입수했습니다."

"뭐냐?"

"평양을 강력히 방어하던 김정은 부대가 일제히 후퇴했다는 소식입니다."

"그게 무슨… 그 소리는 누구에게 들었어?"

"군단 사령부가 지금 그것 때문에 난리가 난 상탭니다. 그리고 원기백이 갑작스러운 적들의 후퇴로 인해 병력의 전진을 멈췄습니다. 함정이 있을지 모른다고 생각하는 것 같습니다."

"이런 멍청한… 함정이라니, 무슨 함정?"

"정주에 있는 3군단이 움직인 게 아닌가 의심하고 있었습니다."

"바보 같은 자식, 어제저녁 7시까지 3군단은 제자리에서 꼼짝도 하지 않았다. 군단 병력이 이곳까지 오려면 새벽이나 되어야 한다는 걸 모른단 말이야? 도대체 그자는 무슨 생각을 하고 있는 거야?"

왕문이 입에 거품을 물었다.

그가 원기백을 압박해서 총력전을 펼치게 한 이유는 두 가지였다.

김정은을 제거하기 위한 권단의 움직임을 용이하게 만들려는 것이 그 첫 번째이고, 두 번째는 강력한 공격으로 적들의 방어선을 깨뜨려 최단 시간 내에 쿠데타를 끝장내기 위함이다.

그런데 권단의 소식이 끊긴 마당에 원기백이 병력마저 전진을 멈추었다고 하자 머리에서 불길이 솟구쳐 올라왔다.

김정은을 제거하는 것이 실패했다면 무슨 일이 있어도 적들을 밀어붙여 이번에 승부를 봐야 하기 때문이다.

그랬기에 그는 자리에서 벌떡 일어나며 소리를 질렀다.

"너는 방금 지시한 대로 병력을 연성으로 보내! 나는 지금 당장 원기백을 만나봐야겠다!"

"알겠습니다."

*　　*　　*

강태산 일행 앞에 유상철과 이태양이 나타난 것은 북산리에 있는 야산의 초입부였다.

미리 사전에 약속을 해놨기 때문인데, 공격을 앞두고 있어선지 그들의 얼굴은 긴장으로 가득 차 있었다.

"상황은?"

“놈들의 사령부가 이상합니다. 마치 메뚜기처럼 이리저리 뛰어다니는군요.”

“신기혁이 나를 믿은 모양이다. 당장 3군단을 움직이겠다는 엄포를 놓으라고 했더니 그가 전화를 한 게 틀림없어.”

“김정은의 목을 치셨다면서요?”

“가볍게 떨어지더군. 그런 새끼가 이천오백만이 넘는 사람들의 고혈을 빨아먹었다는 게 이상할 정도였다.”

“괜찮겠습니까?”

유상철이 걱정스러운 얼굴로 물었다.

그 역시 상부의 명령을 어긴 것이 불안한 모양이다.

그럼에도 그는 강태산의 행동에 대해서 어떤 불만도 나타내지 않았다.

모든 대원이 강태산에 대해 절대적인 충성을 했지만 유독 부대장인 유상철은 그 충성도가 목숨을 던질 만큼 유별났다.

유상철의 불안에 강태산이 간략하게 작전을 설명해 주자 그의 표정이 점점 밝아져갔다.

상부의 명령대로 따른다면 쿠데타를 막는다 해도 김정은이 살아 있는 한 철권통치는 여전할 것이고, 북한은 끝없는 경제난에 시달릴 것이 분명했다.

더군다나 북한은 핵이라는 마지막 카드를 쥔 채 박무현 대통령의 유화정책을 받아들이지 않았다.

오로지 자신만의 영화를 위해 이천오백만의 인민을 배고픔 속으로 몰아넣는 김정은의 존재는 폐쇄 정책을 거듭하면서 북한을 끝없는 무저갱으로 밀어 넣고 있었던 것이다.

“새벽까지는 시간이 얼마 남지 않았습니다. 대장님의 계획대로 움직이려면 서둘러야 합니다.”

“부대장은 대원들을 이끌고 저놈들의 외곽을 때려. 여기서 우리가 지닌 화력을 전부 쏟아붓는다.”

“대장님은요?”

“나는 은밀히 침투해서 놈들의 수뇌부를 처리하겠다.”

“혼자서 말입니까?”

“혼자가 편해. 한 시간만 끌어. 그러면 깨끗하게 끝내고 나올 테니까.”

“알겠습니다.”

유상철은 사령부를 중심으로 대원들을 배치시키고 강태산이 떠나자마자 공격을 퍼붓기 시작했다.

전멸시키기 위한 공격이 아니라 시선을 분산시키기 위한 목적이 큰 타격전이었기에 전 방위에서 공격이 필요했다.

먼저 PO—300 유탄발사기가 적들의 진지를 향해 날아갔다.

콰앙! 쾅!

각자 10발씩 소유하고 있던 유탄이 천지사방에서 무차별적으로 터지자 방어를 위해 경계를 서고 있던 병력이 무더기로 쓰러졌다.

청룡의 무력이 막강하다는 것은 이런 이유이다.

200m가 넘는 거리에서 유탄을 타깃에 명중시켜 버리는 능력은 탁월함을 넘어 두려울 정도였다.

개량형 PO—300은 수류탄의 5배나 되는 위력을 지녔기에 웬만한 엄폐물로는 커버가 불가능했다.

그랬기에 단 한 번의 공격으로 사령부 방어 병력은 상당한 피해를 입고 말았다.

유탄은 진지만 타격한 것이 아니라 사령부의 건물에도 떨어졌기 때문에 막사에서 자고 있던 병력이 제대로 옷도 입지 못하고 튀어나오는 것이 보였다.

60발의 유탄은 범위를 가리지 않고 터지며 무방비 상태에 있던 병력들을 유린했다.

유탄을 모두 쏟아부은 것이 확인되자 유상철의 목소리가 헤드셋을 통해 전 대원들에게 전달되었다.

—전 대원은 앞으로 전진, 사거리를 확보한 후 조준 사격을 시작한다!

유상철의 명령에 의해 각 방향으로 흩어져 있던 청룡대원들이 사격의 정확도를 높일 수 있는 곳까지 빠르게 이동했다.

그런 후 거의 동시에 총구가 불을 뿜었다.

허둥지둥 이리 뛰고 저리 뛰던 병력이 또다시 짚단처럼 무너져 내린 것은 청룡대원의 야간 사격 능력이 무서우리만치 정확했기 때문이다.

사령부 쪽에서도 뒤늦게 반격을 가해왔으나 그들의 총알은 허공을 헤매며 지나갈 뿐이었다.

기습의 효과는 이렇게 무섭다.

더군다나 목표물을 포위한 채 소수의 병력으로 어둠 속에 숨어 공격하게 되면 상대는 공포에 사로잡히게 된다.

청룡대원의 숫자는 의미가 없어진 지 오래였다.

방어 병력은 무차별적으로 날아온 60발의 유탄으로 인해 이미 혼이 반쯤 나간 상태였고, 미친 듯 어둠을 향해 총알을 쏟아붓고 있었기 때문에 적의 규모가 얼마나 되는지 판단할 능력을 상실했다.

그들은 고개조차 내밀지 못하고 진지에 틀어박혀 있었다.

진지는 물론이고 연병장이나 건물 등에서 몸이 드러날 때마다 귀신같이 날아온 총알에 의해 관통되었기 때문에 살기 위해서는 눈만 내민 채 총성이 들려온 곳을 향해 무차별적으로 총을 난사할 뿐이었다.

강태산은 유탄이 터지는 순간을 이용해서 사령부로 접근

했다.

대체적으로 군단급 사령부는 개활지에 펼쳐지듯 세워지는 게 보통이다.

후면에 산이 배치되어 있을 경우에는 방어가 어렵기 때문에 사면이 트여 있는 개활지를 선정하는 것은 어쩌면 당연한 일이었다.

강태산이 귀신처럼 사령부로 스며든 건 청룡대원들이 본격적으로 야간조준경이 달린 K—51을 이용해서 병사들을 사냥할 때였다.

군단사령부의 규모는 만 평에 가까웠고 건물도 상당히 많아서 지휘부가 어디에 있는지 파악하는 건 쉬운 일이 아니었다.

그럼에도 강태산은 조금의 망설임도 없이 중앙의 건물로 향했다.

문을 박차고 들어서자 전화통을 붙잡고 미친 듯 소리를 지르는 병사들의 모습이 보였다.

단박에 이곳이 상황실이라는 것을 알 수 있었다.

물론 지휘 벙커의 작전상황실은 별도로 차려져 있겠지만 군단의 일상 업무를 처리하는 상황실은 그대로 남아 있었다.

그가 들어서자 중앙에 있던 장교가 급하게 권총을 꺼내 들어 강태산을 겨누었다.

하지만 그는 끝내 총을 쏘지 못하고 허리를 굽히며 바닥으로 쓰러졌다.

그의 머리는 강태산의 오른손에 들린 K—51에 의해 반쯤이 날아간 상태였다.

세 명의 병사는 상황장교가 단박에 목숨을 잃자 자신들도 모르게 두 손을 번쩍 들었다.

목숨을 잃는다는 것.

특히 눈앞에서 타인의 죽음을 본다는 것은 극도의 두려움을 선사하며 반항의 의지를 꺾어버린다.

"한 가지만 묻겠다. 사실대로 말하면 너희들의 목숨을 살려주마. 인민무력부장과 군단장은 어디에 있나?"

"왼쪽 건물로 돌아 나가면 우측에 지하로 들어가는 통로가 나옵니다. 지휘부는 그곳에 설치되어 있습니다."

양쪽 병사가 눈치를 보며 머뭇거리는 사이 중앙에 있던 병사가 대답했다.

그는 두 병사보다 고참으로 보였는데 눈에 살고 싶다는 의지가 가득 차 있었다.

병사들을 기절시키고 망혼술을 펼쳐 기억을 지운 강태산은 즉각 상황실에서 나와 좌측 건물 쪽으로 몸을 날렸다.

시간이 없었다.

지금쯤이면 지원 병력이 미친 듯 군단사령부를 향해 달려오고 있을 것이다.

병사의 말대로 좌측 건물을 돌아 나가자 다섯 명의 병사가 완전무장 상태로 경계를 서고 있는 것이 보였다.

사령부가 난리가 난 상태임에도 그들은 긴장된 모습으로 지하로 들어가는 출입구를 지키고 있었다.

그들은 양쪽에 설치되어 있는 진지에 몸을 숨긴 채 경계를 서고 있었는데 진지는 콘크리트로 되어 있어 상당히 견고했다.

강태산의 손에 두 개의 수류탄이 들렸다.

현대에 돌아오면서 사람을 죽이는 걸 가급적 자제하고 있었지만 이런 상황에서까지 동정을 보일 만큼 그의 의지는 결코 약하지 않았다.

콰앙!

두 발의 수류탄은 정확하게 콘크리트 진지를 향해 날아간 후 경계를 위해 뚫어놓은 구멍 속으로 파고들었다.

피하고 어쩌고 할 새도 없이 터진 수류탄에 의해 경계 병력이 피떡으로 변한 걸 확인한 강태산은 즉각 벙커로 들어가는 출입구로 향했다.

오히려 김정은이 숨어 있던 벙커보다 규모 면에서는 훨씬 큰 지하 벙커였다.

타앙! 탕! 타탕!

강태산은 K-51을 견착 자세로 놓고 튀어나오는 적들의 목숨을 차례차례 끊어버리며 전진했다.

그중에는 연성을 공격해 온 자들과 똑같은 복장을 하고 있는 놈들도 포함되어 있었다.

강태산의 얼굴에 이채가 나타났다.

권단의 특전대가 이곳에 있다는 것은 권단 내의 중요한 인물이 이 벙커에 있다는 것을 알려주기 때문이다.

역시 다르다.

권단의 특전대는 벙커에서도 눈부신 속도로 반격을 가해왔다.

그들은 그 좁은 복도에서 가장 효율적이고 치명적인 공격을 해올 만큼 훈련이 잘된 전사들이었다.

하지만 아무리 권단의 특전대라도 강태산에게는 상대가 되지 않았다.

모습을 드러내는 순간 강태산의 K-51이 불을 뿜었고, 복도를 이용해서 엄폐한 적들은 푸른빛의 한월이 그냥두지 않았다.

모든 적을 해치운 강태산은 마지막 문을 향해 수류탄을 던졌다.

일말의 동정심도 가질 가치가 없는 자들.

야차는 그런 자들의 안전을 위해 조금이라도 위험에 처하는 짓은 절대 하지 않는다.

원기백은 새벽 무렵 갑자기 나타나 따지듯 소리를 지르는 권단장 왕문을 향해 얼굴을 찌푸렸다.

중국이 뒤에 있기 때문에 쿠데타를 일으킬 수 있었다.

살아오면서 김씨 일가를 버리고 중국을 선택한 것은 피폐한 삶을 오랫동안 살아온 인민들이 언젠가는 김씨 일가를 배신할 거라 믿었기 때문이다.

그리고 야망도 있었다.

김씨 일가만 해치우면 자신은 중국을 배경으로 북한의 정권을 잡을 수 있을 것이라 확신했다.

하지만 남의 하수인 역할을 한다는 것이 얼마나 어리석은 짓인지 요즘 들어 뼈저리게 느끼고 있는 중이다.

중국의 참견은 끝이 없었다.

심지어 작전 계획까지 일일이 간섭을 받아야 했고, 지금처럼 솜털을 갓 벗은 왕문에게까지 잔소리를 듣게 되니 시간이 갈수록 분노가 치밀어 올랐다.

왕문은 문을 열고 들어오자마자 휘하의 지휘관과 병사들이 있는 앞에서 소리부터 질러댔다.

"원 부장님, 도대체 병력의 전진을 멈춘 이유가 뭡니까?!"

"김정은 측이 갑작스럽게 후퇴했소. 전쟁 중 갑작스러운 후퇴는 함정일 가능성이 많기 때문이오."

"지금 이 마당에 함정이라니요?"

"어제 5시경에 총참모장이 전화를 해왔더군. 지금 당장 평양을 향해 제3군단의 병력이 움직이겠다는 협박이었소."

"그래서 포위 공격을 당할까 봐 멈춘 겁니까?"

"당신은 나를 우습게 보는 모양이요. 그때 떠났어도 3군단의 병력은 오늘 새벽이나 되어야 도착할 수 있소. 내가 병력을 멈춘 것은 3군단의 참전이 무서워서가 아니라 쓸데없는 희생을 막기 위함이었소. 당신네 권단이 어젯밤 12시를 기해서 김정은을 사살하기로 했으니 나는 그들의 후퇴가 김정은의 신상에 변화가 있기 때문일 거라 판단한 거요. 자, 말해보시오. 작전은 성공했소?"

"그게……."

"권단장, 당신은 중국 사람이니까 지금 이 상황에 대해 아무런 감정도 느끼지 못하는 모양이지만 나는 다르오. 내가 비록 당신네 중국의 힘을 빌려 쿠데타를 일으켰으나 지금 죽어가는 병사들과 인민들은 모두 우리나라 국민이란 말이오. 김정은이 죽었다면 끝까지 전쟁을 수행할 이유가 없다고 생각하는데, 내 판단이 틀린 거요?"

"으……."

권단장 왕문의 입에서 신음 소리가 흘러나왔다.

이 새끼!

왕문은 이를 악물고 원기백을 노려보았다.

비릿한 미소를 짓고 있는 원기백의 얼굴을 확인하고서야 그가 왜 병력의 전진을 멈추었는지 알 수 있었다.

놈은 인민의 안전 운운했지만 자신의 측근 병력을 고스란히 유지하고 싶었던 것이다.

어차피 권단이 김정은을 처치했다면 더 이상 자신의 병력을 희생하면서까지 싸울 이유가 없다고 판단한 것이다.

그리고 그렇게 판단하게 만든 것은 갑작스러운 김정은 부대의 후퇴였다.

김정은의 신상에 이상이 생기지 않았다면 후퇴하는 일은 없었을 테니까.

원기백은 물론이고 김정은은 인민의 안전을 생각해서 적들의 공격을 피할 놈들이 아니었다.

지금까지 중국의 보호를 받아왔으면서도 배신을 생각하고 있는 게 분명했다.

자신의 세력을 고스란히 유지한 채 북한의 정권을 틀어쥐며 지금까지 김정은이 한 것처럼 독자 노선을 걷고 싶은 것이다.

왕문의 머리가 순식간에 회전하면서 신음을 멈추고 웃음을 흘려냈다.

바보 같은 놈. 제 분수도 모르고 권력욕 때문에 수명을 단축하다니.

왕문은 웃으면서 원기백을 대체할 인물들을 머릿속에서 떠올렸다.

원기백의 뜻을 알았으니 무조건 제거해야 한다.

북한의 수뇌부 중에서 허수아비로 만들 놈들은 쌔고 쌨다.

포격 소리가 들려온 것은 왕문이 그런 결심을 굳히고 천천히 자리에서 일어날 때였다.

실제로는 유탄이 터지는 것이었지만 지하 벙커에서는 대규모 포격이라 오인할 만큼 대단한 포성이 사령부 전체에서 한꺼번에 터지고 있었다.

자신도 모르게 허리를 숙였다가 슬그머니 고개를 들었다.

그러자 원기백을 비롯한 쿠데타의 주역들이 전부 책상 밑으로 고개를 처박고 있다.

강태산은 수류탄으로 인해 통째로 뜯겨 나간 문을 통해 안으로 들어갔다.

수도방위군단의 지휘용 벙커는 서른 평에 달했는데 안으로 들어서자 문 가까이 있는 자들이 수류탄에 의해 다섯이나 바닥을 뒹굴고 있다.

강태산은 문을 들어서며 총구를 겨누는 세 명의 병사와 한 명의 장성을 쏴 죽였다.

그러고는 곧장 회의용 탁자에 앉아 있는 자들을 향해 다가갔다.

회의용 탁자에는 다섯 명의 인물이 있었는데, 그중 한 명은 단박에 중국 놈이라는 것을 알 수 있었다.

"원기백이 누구냐?"

"나다. 너는 누구냐?"

"그냥 묻는 말에 대답만 해. 안 그러면 아가리를 찢어놓을 테니까."

강태산은 쿠데타 세력의 수뇌부를 하나씩 불렀다.

수도방위군단장, 425기계화보병사단장, 105탱크사단장이 차례대로 호명되었다.

수뇌부가 모두 있다는 것을 확인한 강태산의 얼굴에 만족스러운 웃음이 떠올랐다.

개새끼들.

수하들은 치열한 전쟁터에서 목숨을 걸고 싸우는데 놈들은 안전한 벙커를 벗어나지 않은 채 주둥이로 전쟁을 치르고 있었다.

물론 이해는 간다.

쿠데타의 특성상 수뇌부는 모두 한자리에 있을 수밖에 없다.

언제 다시 마음이 바뀌어 신발을 거꾸로 신을지 모르기 때문에 언제나 쿠데타의 주역들은 거사가 끝날 때까지 한곳에 뭉쳐 있는 것이다.

수뇌부를 모두 확인한 강태산은 반대쪽에 멀거니 앉아 있는 왕문에게 고개를 돌렸다.

"이봐, 중국 놈. 네 정체는 뭐냐?"

"……."

"다시 한 번 묻지. 이번에도 대답하지 않으면 너의 왼팔을 자르겠다. 권단에서 너의 위치는?"

"…나는 권단을 책임지고 있는 왕문이다."

"오호, 네가 권단장이란 말이지. 좋아, 아주 잘됐어. 시간 없으니까 빨리 끝내자."

"뭘 끝낸단 말이냐?"

"뭐긴 뭐야. 너희들을 깡그리 죽여 버리는 것이지. 원기백!"

"으……."

"중국의 개가 되어서 국민을 살해한 죄, 사형!"

강태산이 들고 있던 한월이 말을 끝남과 동시에 움직였다.

원기백의 머리는 김정은의 것처럼 그 한 번의 칼질에 수박덩어리가 떨어지는 것처럼 어이없게 바닥을 굴렀다.

강태산은 그에 멈추지 않고 수뇌부의 이름을 하나씩 차례대로 부르며 한월을 휘둘러 원기백과 똑같이 좌중의 인물들을 죽였다.

그리고 마지막.

쿠데타 수뇌부의 죽음을 지켜보며 두려움에 젖어가는 왕문을 향해 시선을 돌렸다.

"왕문, 이 땅이 중국 땅이라고?"

"우리 선조들께서는 그 옛날 이 땅의 주인이셨다. 당연히 북한은 중국의 영토다."

"이런 개새끼, 입은 팔팔하게 살아 있네."

"나는 지금 죽을지 모르나 곧 북한은 우리 중국의 영토로 편입될 것이다."

"이런 씨발놈을 봤나."

"가소로운 놈. 네 정체가 뭔지 모르지만 내가 죽는다고 해서 결과는 변하지 않아."

"크크크, 그 새끼, 말하는 건 정말 천하무적일세. 지옥에 가거든 거기서 콜라나 마시며 잘 지켜봐. 이 땅이 중국의 땅이 되는지 아니면 중국이 무릎을 꿇고 살려달라며 빌게 될지 똑똑히 확인하란 말이다. 중국의 권단장 왕문, 남의 나라에 와서 좆같은 소리를 지껄인 죄, 사형!"

*　　*　　*

국방장관 왕문호가 100m 선수처럼 주석실의 문을 열며 뛰어든 것은 아침 햇살이 밝게 빛나기 시작하는 오전 8시 10분경이었다.

그는 얼마나 급하게 달려왔는지 자리에 앉아 있는 주민상이 놀란 눈을 한 채 자신을 쳐다보아도 금방 입을 열지 못하고 숨을 골라야 했다.

먼저 궁금증을 참지 못하고 입을 연 것은 주민상이었다.

"국방장관, 무슨 일이야?"

"주석님, 쿠데타가 실패한 것 같습니다."

"뭐라고?!"

"오늘 아침 탄야-3로 확인한 결과 평양에서 벌어지던 전투가 일시에 중지되었습니다."

"그렇다면 김정은 측에 군부가 가담했단 말이냐? 평양 시내가 그놈들에게 떨어진 거야?"

"아닙니다. 양측 전부 조용합니다."

"도대체 무슨 소리를 하는지 알아들을 수가 없구만. 좀 쉽게 말해봐!"

"현재 북한 3군단이 평양을 향하고 있으나 밤새 군부의 움직임은 없었습니다. 군부에서 김정은의 편을 들지는 않은 것 같습니다."

"그런데 왜 쿠데타가 실패했단 말인가?"

"원기백을 비롯해서 쿠데타에 가담한 우리 측과 전혀 연락이 되지 않습니다. 심지어 어젯밤 김정은을 사살하겠다던 권단장까지 불통입니다."

"권단의 작전이 실패했다 해도 왕문과는 연락이 되어야 하잖아!"

"그것 때문에 말씀드린 겁니다. 다른 건 몰라도 권단장과는 연락이 되어야 하는데 수도방위군단은 전파를 완전히 끊어버린 것처럼 먹통입니다."

"혹시 원기백 이놈이 왕문을 친 건 아닐까?"

"저도 그 생각을 했습니다. 아무래도 가능성은 반반인 것 같습니다. 밤새 군부가 움직이지 않았으니 김정은의 제거에 성공한 권단장을 원기백이 사살한 게 아닌가 하는 생각이 듭니다."

"그렇다면 원기백이 쿠데타에 성공하고 우리 쪽과 연락을 끊었다?"

"그럴 가능성이 큽니다."

"배고파서 밥그릇을 줬더니 개새끼가 주인을 물려고 덤빈단 말이구만."

"확실하지는 않습니다. 지금 모든 채널을 동원해서 정보를 수집하고 있는 중입니다."

"최대한 빨리 알아봐. 무슨 일이 벌어졌는지 알아야 대책을 세울 것 아니야."

"알겠습니다."

"그리고 미리 시나리오를 짜놔. 쿠데타를 성공한 원기백이 배신했을 경우, 또는 김정은이 살아서 쿠데타 세력을 제압했을 경우도 마찬가지야. 그 둘 중의 하나라면 결국 우리 군이 움직일 수밖에 없다. 무조건 쳐야 돼. 이번 기회를 잃으면 우리는 또 수많은 세월을 기다려야 할 것이다."

*　　　*　　　*

총참모장 신기혁이 이끄는 제3군단이 평양으로 입성한 것은 쿠데타의 수뇌부가 모두 사살되던 날 정오 무렵이었다.

강태산은 일을 마치자마자 정주로 향해 신기혁을 만난 후 그동안의 일을 설명해 주며 최대한 빨리 평양을 접수하라고 조언했다.

신기혁은 처음엔 강태산의 말을 믿지 못했다.

단 하루 만에 김정은과 쿠데타 세력을 한꺼번에 처리한다는 건 불가능한 일이라 생각했기 때문이다.

하지만 곧바로 부관이 뛰어들어 수도방위군단의 쿠데타 수뇌부가 전부 목이 떨어져 죽었다는 소식을 알리자 곧바로 자리에서 일어나 병력을 움직였다.

그 역시 오랜 군 경험과 정치적 감각을 가졌기 때문에 이런 상황에서 주저하는 것이 얼마나 어리석은 일인지 너무나 잘 알기 때문이다.

무혈입성.

수뇌부가 한꺼번에 모두 죽임을 당했다는 것이 알려지자 쿠데타에 가담한 일선 지휘관들이 스스로 항복을 해왔기 때문에 신기혁은 당당하게 평양으로 입성할 수 있었다.

신기혁은 평양을 접수한 후 곧바로 쿠데타 세력에 의해 장악되었던 조선방송을 통해 간밤에 일어난 쿠데타 소식과 김정은의 죽음을 인민들에게 알리면서 스스로 비상위원장 자리에 올랐다.

그러고는 곧장 자신의 측근들로 주요 보직을 채우고 향후에 벌어질 일들에 대한 대책을 세웠다.

인민들을 안정시키는 일이 선행되어야 했고, 접경지대에서 언제든지 침공이 가능한 중국의 3개 군단을 처리하는 것이 무엇보다 중요했다.

하지만 신기혁이 그 와중에 가장 많은 시간을 할애한 것은 강태산과 함께한 것이었다.

그는 평양을 접수한 후 수시로 강태산을 만났는데 그때마다 비상위원회에서 결론을 내리지 못한 후속 대책을 일사천리로 측근들에게 지시했다.

*　　　*　　　*

국방장관 왕문호가 주석실에 다시 모습을 드러낸 것은 오후 3시가 다 됐을 때였다.

그의 안색은 잔뜩 굳어 있고 주민상을 바라보는 시선은 어지럽게 흔들리고 있었다.

"주석님, 방금 북한 9군단을 맡고 있는 정호철과 통화가 되었습니다. 그의 말에 따르면 쿠데타는 완벽하게 실패했다고 합니다."

"으, 그럼 김정은이 쿠데타를 막았다는 말이냐?"

"아닙니다. 김정은과 쿠데타를 일으킨 원기백이 모두 죽었답니다."

"도대체 알아들을 수 없구만. 두 놈이 다 죽었다면 지금 북한에는 누가 있다는 거야?"

"현재 모든 정권을 총참모장 신기백이 잡았답니다."

"뭐라고?!"

"아침에 3군단의 움직임이 위성에 잡혔는데 놈들은 전력으로 평양에 도착해서 김정은 측은 물론이고 쿠데타 쪽에 있던 부대까지 모두 장악했다고 합니다."

"다른 놈들은?"

"우리 측 수도방위군단장뿐만 아니라 김정은 측에서 싸우던 815기계화보병사단장, 보위국장, 호위사령관도 모두 죽었다는 전언입니다. 이제 북한에는 신기혁을 견제할 세력이 아무도 없습니다."

"허어, 그렇다면 도대체 누가 그들을 죽였단 말이냐?"

"그건 저도 알아내지 못했습니다. 북한 군부는 분명 아무도 움직이지 않았습니다. 평양 시내에서 그렇게 치열한 전투가 벌어졌어도 그들은 꿈쩍하지 않은 채 자리를 지켰습니다."

"그럼 그놈들은 귀신이 죽였단 말이냐?!"

"제 생각에는 정황상 신기혁의 짓인 것 같습니다."

"그놈은 움직이지 않았다며?"

"3군단의 특전대를 움직여 암살했을 수도 있습니다."

"그게 가능한 일이야?"

"어려운 일이지요. 하지만 지금으로서는 그렇게밖에 생각할 수 없습니다."

"정말 어이없는 일이군. 결국 쿠데타가 신기혁에게 정권을 선물해 준 셈이구만."

"주석님, 신기혁은 우리와 그동안 전혀 관련을 맺지 않은 자입니다. 그가 정권을 잡으면 주석님께서 생각하고 계시는 동북공정은 어렵게 됩니다."

"그렇게 되도록 놔둘 수는 없지."

"어쩌시겠습니까?"

"지금 당장 선양군부를 움직여라. 접경지대에 있는 3개 군단을 모조리 투입시켜. 무슨 수를 쓰더라도 우리는 이번 기회에 북한을 합병시킨다."

"명분이 필요합니다."

"명분은 간단해. 우리는 지구상에서 유일하게 북한과 100년 가까운 우방이었다. 김씨 일가를 처단한 신기혁을 때려잡는 게 우리의 명분이다. 우리와 긴밀한 관계를 가지고 있는 북한 9군단장과 2군단장에게 연락해서 평양을 치라고 해. 그사이에 우리는 압록강을 돌파한다."

"9군단은 가능하지만 2군단은 남한과 첨예하게 대립되어 있는 부댑니다. 그들이 움직이면 남한 측이 가만있지 않을 겁니다."

"우리가 움직였다고 해서 남한 놈들이 그렇게 단박에 치고 올라올 수는 없어. 한국 놈들은 생각이 많은 놈들이거든. 더군다나 우리가 심어놓은 놈들이 언론에 떠들기 시작하면 박무현은 움직이기 어려울 거다."

"알겠습니다."

"역사는 호랑이와 같은 용맹을 가진 자만이 바꿀 수 있는 법이다. 중국은 호랑이고 한국 놈들은 토끼에 불과한 놈들이야. 국방장관, 지금 당장 움직여. 놈들이 정신을 차릴 수 없을 정도로 밀어붙이란 말이다. 나는 어떤 지원도 아끼지 않을 것이다. 북한만 장악할 수 있다면 전 공군과 해군 전력까지 동원해서라도 반드시 북한을 먹어야겠다."

주민상의 눈은 시퍼렇게 빛나고 있었다.

야욕.

그렇다. 그의 눈은 야욕으로 가득 차 보는 사람으로 하여금 두려움을 갖게 만들 정도였다.

주석을 보좌하는 비서실장 이명황이 문을 열고 급히 들어선 것은 왕문호가 주민상의 명령을 이행하기 위해 자리에서 일어날 때였다.

"주석님, 북한에서 직통전화가 왔습니다."

"뭐라?"

"총참모장 신기혁이랍니다."

"신기혁이 감히 나에게 전화를 해왔다고?!"

"받으시랍니다. 전화를 받지 않으면 반드시 후회할 일이 생길 거라고 했습니다."

비서실장의 말에 주민상의 얼굴이 일그러졌다.

그러면서도 그 짧은 순간 수많은 생각이 그의 머리에 그려졌다.

이놈이 북한의 정권을 잡더니 간이 배 밖으로 나온 게 분명했다.

감히 북한의 일개 총참모장이 상국인 중국의 지도자에게 전화를 한다는 건 있을 수 없는 일이었다.

가소로운 일이었으나 주민상의 얼굴에 나타난 것은 분노가 아니라 의아함이었다.

이제 막 정권을 잡은 신기혁이 자신에게 전화를 해왔다는 것은 중요한 용건이 있다는 뜻이다.

더군다나 전화를 받지 않을 경우 후회할 일이 생길 거라는 말까지 했다고 하자 의문은 더욱 커졌다.

가장 먼저 떠오른 것은 정권을 잡은 신기혁이 그동안 북한의 지도자들이 해온 것처럼 중국의 승인을 받고자 한다는 것이다.

정말 그런 것이라면 이야기는 달라진다.

놈이 그동안 친중파는 아니었지만 먼저 고개를 숙이고 들어온다면 충분히 생각해 볼 일이었다.

국제 관계를 무시하고 군을 움직여 북한을 치기에는 많은 무리수가 따를 수밖에 없다.

당장에 미국과의 관계가 악화될 것이고, 세계 모든 국가가 중국을 비난하게 될 것이다.

미국을 중심으로 세계가 모두 나서서 중국을 비난하며 경제 제재를 가해온다면 그것은 난감한 일이다.

비록 내수로 버틸 수는 있겠지만 경제 성장 동력을 잃는다는 건 커다란 모험이었다.

그랬기에 주민상은 비서실장에게 전화를 연결하라고 지시를 내렸다.

좋다. 놈이 어떤 내용을 어떤 자세로 이야기하느냐에 따라 대응을 달리한다.

신하가 황제를 대하듯 고개를 숙이고 들어와 충성을 맹세한다면 받아줄 의향이 있었다.

손 안 대고 코를 풀 수만 있다면 그것이 최선의 방법이기 때문이다.

천천히 전화기를 들자 수화기 건너편에서 묵직한 저음이 흘러나왔다.

—주석 동지, 우리나라에 준 선물 잘 받았소.

"무슨 소린가?"

—친중파를 이용해서 쿠데타를 일으킨 것을 말하는 거요.

"크크크, 네가 정권을 잡았다고?"

—그렇소.

"내가 쿠데타를 일으켜서 너에게 정권이란 선물을 주었다고 생각하는 모양이구나."

—그런 거지. 혹시 아깝다고 생각하고 있는 건 아니겠지요?

"장난질 치지 말고 용건이나 말해. 전화를 해왔으니 용건이 있을 거 아니냐?"

—단도직입적으로 말하겠소. 지금 우리나라 국경 지대에 선양군부 병력이 잔뜩 몰려 있더군. 어쩔 셈이오?

"먼저 네 입장을 말해. 너는 어쩔 셈이냐?"

—뭘 말하는 거요?

"나는 네가 우리를 섬기겠다고 하면 여기에서 그만둘 생각이 있다. 어쩔 테냐? 정권은 달콤한 것이지. 네가 그렇게만 한다면 너는 오랜 시간 동안 북한을 통치할 수 있을 것이다."

—웃기는 소리 하고 자빠졌군.

"뭐라고?!"

—이봐, 주민상, 그런 개 같은 소리 하지 말고 당장 선양군부 병력을 물려라. 그렇지 않으면 깡그리 죽여 버릴 테니까.

"네가 정말 죽고 싶은 모양이구나."

—지금부터 내 말 똑바로 들어. 나는 평양을 접수하고 군부를 장악한 사람이다. 나를 일개 장성으로 대한다면 너는 피눈물을 흘리게 될 것이다.

"푸하하하! 신기혁, 나는 방금 선양군부 3개 군단에게 북한으로의 진공을 명령했다. 기다려 봐. 피눈물을 흘리는 놈이 누가 되는지."

—크크크, 주민상, 너는 정말 우리를 물로 보고 있던 모양이구나. 정 그렇게 하겠다면 어디 마음대로 해봐.

신기혁의 웃음이 수화기 너머에서 귀신의 웃음처럼 울려 퍼지자 분노의 시선으로 벽을 노려보던 주민상의 표정이 서서히 일그러졌다.

뭔가 이상했다.

북한의 전력은 선양군부 3개 군단과 친중파가 잡고 있는 북한의 2개 군단이면 상대가 되지 않을 텐데 신기혁은 너무나 자신만만한 목소리로 그를 압박해 왔다.

당장 전화기를 팽개치려던 주민상이 입술을 깨물면서 다시 입을 연 것은 뭔가 모를 찜찜함 때문이었다.

"신기혁, 지금이라도 생각을 고쳐먹는 게 어떤가. 네가 마음만 바꾸면 우린 언제든지 너를 받아줄 의향이 있다."

—웃기는 소리 하지 마라. 나는 북한을 새롭게 부활시켜 나갈 생각이다. 그래서 인민들이 잘사는 나라로 만들 것이다. 다시는 너희 중국 같은 개새끼들과는 상종 안 해!

"으……."

—방금 무수단과 다섯 개의 미사일 기지를 열었다. 대포동 이십 기가 너희들을 겨냥하고 있단 말이다. 거기에는 핵폭탄과 족히 수십만을 한꺼번에 죽일 수 있는 생화학 무기가 실려 있다. 어디 너희들이 자랑하는 선양군부를 움직여 봐. 북경을 비롯해서 상해와 너희들의 심장부를 박살 낼 테니까.

"이 미친놈, 그런 짓을 하면 너희는 괜찮을 것 같으냐!"

—우리도 무사하지는 않겠지. 같이 죽자. 어때, 우리 같이

죽는 거야. 멋지지 않나?

신기혁의 차갑게 가라앉은 말에 주민상의 얼굴이 시꺼멓게 죽어갔다.

왜 그걸 잊었을까.

놈들에게는 십오억 중국 인민을 한꺼번에 초토화시킬 수 있는 무기가 있었다는 것을.

제4장

신세계

대한민국의 언론과 여론은 북한에서 일어난 쿠데타로 인해 용광로에 기름을 부은 것처럼 들끓었다.

오래전부터 쿠데타설이 계속 있어왔으나 막상 큰일이 벌어지자 각종 언론과 정부는 패닉 상태에 빠져들었다.

중국이 배경에 있다는 추측이 가능했지만 정부에서는 어떠한 일도 하지 못했다.

추측만으로 중국을 비난한다는 것은 결코 쉬운 일이 아니었기 때문이다.

거기에는 미국의 돌변한 태도에도 이유가 있었다.

처음에는 북한 쿠데타의 상황에 대해서 긴밀하게 공조하며 정보를 주던 미국은 어느 순간부터 미지근한 태도로 일관했다.

현재 북한의 쿠데타도 문제였지만 중국이 접경지대에 배치해 놓은 선양군부 3개 군단의 움직임도 심상치 않았다.

만약 북한의 쿠데타에 이어 중국이 침공을 감행한다면 대한민국은 커다란 혼란에 빠져들 수밖에 없었다.

한민족.

그렇다. 북한이 백 년 가까운 세월 동안 독립국가 체제를 유지하며 왕래가 적었지만 그럼에도 그들은 한 핏줄을 나눈 동족이었으니 중국의 침공을 그냥 두고 본다는 것은 말도 안 되는 일이었다.

그랬기에 박무현 대통령은 즉각 군에 비상경계령을 내린 후 국가안전보장회의에서 수많은 대책을 논의했다.

하지만 회의에서 얻은 것은 여전히 아무것도 없었다.

결과는 아직 나타나지 않았고, 대한민국이 선택해야 하는 대책들도 무척 제한적이었다.

중국이 침공을 한다 해도 무작정 군을 출병시킨다는 것은 어려운 일이었다.

더군다나 미국은 거의 모든 채널을 끊어버린 채 주한 대사만을 통해 입에 발린 소리를 하고 있었다.

만약 미국이 이번 사태에 발을 뺀다면 대한민국은 엄청난 수렁 속으로 빠져들게 된다.

대한민국의 전력으로는 막대한 군사력을 지닌 중국과 전쟁을 벌인다는 건 자살 행위나 마찬가지였다.

회의에 참석한 국무위원들의 입에서는 시간이 지날수록 한숨 소리가 커져갔다.

무대책.

국가의 비상 상황에서 아무런 대책도 수립하지 못한다는 것은 그들에게 무기력함을 선사하기에 충분하고도 남았다.

박무현 대통령은 긴급하게 연락이 온 정 의장의 전화를 받고 국가안전보장회의를 멈춘 후 청와대로 돌아왔다.

정 의장은 서재에 앉아 그를 기다리고 있었다.

"의장님, 촌각을 다투는 일이라고 해서 회의 중에 잠시 나왔습니다."

"번거롭게 해서 죄송합니다."

"무슨 일이오? 위원들이 아직 회의를 하고 있기 때문에 다시 돌아가야 합니다."

"오늘 3시경 김정은이 사망했습니다."

"뭐라고요?!"

"중국 권단의 특전대가 김정은을 암살했다고 합니다."

"그건 어디서 들으셨소?"

"청룡이 현장에 있었습니다."

"어허, 큰일이 났군요."

"대통령님, 지금부터 제 말을 잘 들으셔야 합니다."

박무현 대통령이 충격에 젖어 입을 벌린 채 말을 잇지 못하자 정 의장이 굳은 얼굴로 천천히 입을 열었다.

"쿠데타를 일으킨 원기백을 비롯해 쿠데타의 주역들이 전부 사살됐습니다."

"그게 정말이오?"

"청룡이 움직여서 해낸 일입니다. 청룡은 오늘 아침 6시경 수도방위군단 사령부에 있던 자들을 모두 제거하는 데 성공했다고 합니다."

"어허, 어허!"

"그리고 북한의 정권을 총참모장 신기혁이 잡았습니다. 그는 제3군단 병력을 이끌고 평양을 접수한 후 비상위원장직을 맡아 빠르게 정국을 안정시키고 있는 중입니다."

"그것도 청룡이 알려온 것이오?"

"그렇습니다."

"중국은… 그렇다면 더욱 위험해졌구려. 중국이 가만있지 않을 것 아니오. 우리 위성에서 중국군의 움직임이 관찰되었는데 괜찮겠소?"

"방금 위성사진을 관측하고 오는 길입니다. 중국군은 현재 원래의 주둔지로 후퇴하고 있습니다."

"후퇴한다고요?"

"총참모장 신기혁이 중국 주석 주민상과 담판을 지었다고 합니다. 중국군이 움직이면 무수단과 비밀 기지에 있는 미사일에 핵을 실어 북경과 상해 등 중국의 주요 도시들을 날려 버리겠다고 협박했답니다."

"그래서요?"

"주민상이 진 것이지요. 놈들은 같이 죽자고 덤비는 신기혁의 패기에 꼬리를 만 것 같습니다."

"잘됐구려. 정말 잘된 일이오."

"이제 북한은 신기혁 체제로 움직일 것입니다. 우리는 그에 맞춰 전략을 수립해야 할 것 같습니다."

"김정은이 죽었다면 북한이 혼란에 빠지지 않을까요?"

"신기혁은 군부의 전폭적인 지지를 받고 있는 사람입니다. 더군다나 북한 인민들은 공포정치로 인해 말을 하지 못했지만 김정은에 대한 불신이 최고조에 달해 있었습니다. 신기혁이 사태 수습을 무사히 마치고 본격적으로 새로운 정권을 탄생시킨다면 북한은 금방 안정을 되찾을 겁니다."

"그렇다면 얼마나 다행일까요."

"청룡의 활약이 대단했습니다. 그들은 이틀 동안 잠을 자지 못하고 평양 전선을 누볐습니다."

"그들은 이번에도 불가능한 일을 해냈구려. 우리나라에 그들이 있다는 게 얼마나 다행인지 모르겠습니다."

"회의 중에 실례를 무릅쓰고 대통령님을 뵙자고 한 것은 이런 사실을 알려 드리기 위함이었습니다. 아마 지금쯤 미국도 북한의 상황을 알았을 겁니다."

"정 의장께서는 미국이 갑작스럽게 미지근한 태도를 보인 이유가 뭐라고 생각하세요?"

"자국의 이익을 위해서겠지요. 그들은 중국의 진군을 염두에 두고 많은 가능성과 시나리오를 작성했을 겁니다. 우리 쪽과의 연락을 제한한 것은 한 가지 이유밖에 없습니다."

"그게 뭔가요?"

"중국이 진군하면 자신들은 참전하지 않고 우리 대한민국을 방패막이로 삼는 거지요."

"말도 안 되는……. 그들은 우리의 오랜 우방이었고 상호방위조약이 체결되어 있잖습니까. 그런데 전쟁에 참여하지 않다니요."

"미국은 위험을 선택하지 않는 나라입니다. 그들이 북한을 끝내 건드리지 못한 이유는 북한이 미국 본토를 타격할 수 있는 핵무기와 대포동미사일을 보유하고 있었기 때문입니다. 중국은 북한보다 훨씬 무서운 상대지요. 미국은 늘 큰소리를 쳐왔지만 자신들의 안보를 위협할 수 있는 중국을 상대로 전쟁을 벌일 만큼 어리석은 자들이 아닙니다."

"결국 정 의장님의 말씀은 무기나 팔아먹으면서 강 건너 불구경을 했을 거란 판단이군요."

"더불어 북한을 중국이 장악했을 때 생기는 이득도 막대할 테니까요. 현재 세계 여론은 미국이 주도하고 있습니다. 중국이 북한을 강점하기 위해서는 미국을 달래줘야 합니다. 그렇게 하지 않으면 미국은 세계 여론을 주도해서 중국에 경제 제재를 가하는 등 엄청난 압박을 가할 겁니다. 미국의 입을 막으려면 북한을 강점하면서 발생하는 이득 중 꽤 많은 비율을 내놔야 하지 않겠습니까?"

"가능한 시나리오군요."

"어쨌든 지금 당장 해야 할 일은 새롭게 들어선 신기혁 정권의 노선을 확인하고 그에 맞춰 대북 전략을 짜는 것입니다."

"정 의장님, 수고하셨습니다. 나머지는 내가 알아서 처리하지요."

*　　　*　　　*

강태산은 신기혁의 제3군단이 평양을 접수하고 주민상과 담판을 짓는 것까지 확인한 후 곧장 대원들을 이끈 채 남하를 시작했다.

중국을 단숨에 후퇴하게 만든 전략은 강태산의 머리에서 나온 것이었다.

시간과의 싸움.

평양을 접수하고 정국을 안정시키기 위해 정신없이 움직이는 신기혁을 잠시 멈추게 만든 건 그만큼 중국군의 움직임이 심상치 않았기 때문이다.

강태산의 제안을 들은 신기혁은 역시 생각한 것처럼 두둑한 배짱과 결단력을 보여주며 단박에 주민상을 굴복시켜 버렸다.

신기혁은 김정은과 달리 사람을 잡아끄는 마력과 냉철한 머리를 지닌 사람이었다.

집무실을 나서는 강태산을 향해 신기혁은 며칠만 묵다 가라고 제안해 왔으나 단칼에 거절하고 길을 떠났다.

미련을 둘 필요가 없었다.

이제 북한은 신기혁이 밥을 하든 죽을 쑤든 알아서 할 일이었으니 그는 미련 없이 대원들과 함께 서울로 향했다.

불과 3일 만에 돌아온 서울이었으나 낯설다는 생각이 들었다.

그만큼 평양의 처참함이 서울의 평온함과 대비되었기 때문일 것이다.

"모두들 수고했다."

"대장님, 우리 작전도 끝났는데 야유회 한번 가요. 매번 느끼는 거지만 우린 너무 삭막하게 사는 것 같단 말이에요."

강태산이 서울에 도착해서 대원들을 해산시키려 하자 차지연이 불쑥 나서며 토끼처럼 눈을 떴다.

이렇게 헤어지면 언제 또 만나게 될지 몰랐다.

강태산은 작전이 끝나고 일상으로 돌아가면 절대 그녀의 전화를 받지 않았다.

뜬금없는 제안이었으나 갑자기 유태호가 나서면서 분위기가 이상하게 흘러갔다.

"대장님, 비너스의 생각이 괜찮은 것 같습니다. 일박 이 일 정도로 휴가를 가는 건 어떻습니까?"

"안 돼."

"왜요?"

"우린 작전 때나 만나는 사람들이다. 우리는 존재하지 않는 사람들이고 국가에서 필요할 때만 나타나는 투명 인간이야. 그런 사람들이 떼로 몰려다니는 게 말이 된다고 생각하나?"

"투명 인간도 밥 먹고 똥 싸고 다 하잖아요. 우린 조금도 즐기면 안 돼요?"

다시 차지연이 나서서 강태산을 압박했다.

그녀는 이대로 헤어질 수 없다는 듯 매우 적극적이었다.

하지만 그녀의 제안은 강태산이 아니라 유상철에 의해 제동이 걸렸다.

"지연아, 네 나이가 몇 살인데 아직도 응석을 부리는 거냐. 이제 그만 해산해. 대장님은 작전 결과를 보고하러 본부로 들어가셔야 한다."

최 국장은 강태산이 멀쩡한 모습으로 본부에 들어서자 마치 귀신을 본 것처럼 놀란 표정을 지었다.

그는 수없이 많은 작전에서 강태산의 능력을 확인했으나 북한 정규군이 움직인 작전에서까지 상처 하나 없이 돌아온 그가 신기할 뿐이었다.

"안 다쳤네?"

"다쳤으면 하는 얼굴이네요?"

"넌 방탄복을 얼굴 빼고 다 뒤집어쓰고 다니지?"

"얼굴에도 씁니다."

"정말이냐?"

"국장님, 저 방금 작전 끝내고 돌아온 사람입니다. 그것도 훌륭하게요. 자꾸 시비 거시면 삐치는 수가 있습니다."

"총을 쏘기는 쏜 거냐?"

"안가에 무기 모두 반납했습니다. 총열이 다 닳을 정도로 쐈으니까 검사해 보시죠."

강태산이 뻔뻔한 얼굴로 바라보자 최 국장의 얼굴에 웃음이 떠올랐다.

강태산에게는 농담을 하는 재미가 있다.

언제든 강태산은 자신의 농담을 재치 있게 받아넘겨 주기 때문에 부담을 가질 필요가 없었다.

전임 청룡들은 마치 얼굴에 쇠가죽을 뒤집어쓴 것처럼 딱딱한 얼굴들을 하고 있었다.

말수도 적었고 항상 비장한 표정을 짓고 있었기 때문에 작전을 수행할 때마다 그의 마음도 더없이 무거웠다.

하지만 강태산은 달랐다.

"자, 그럼 세부적인 작전 결과를 들어보자. 어디서부터 시작할래?"

"평양까지 올라간 것은 중요한 게 아니니까 전부 빼고 본격적인 작전이 시작된 시점부터 말씀드리겠습니다. 그럼 지금부터 작전 명령에 대한 복명을 시작하겠습니다."

강태산은 지금까지의 장난스러운 모습을 지우고 평양에서 벌어진 일들을 하나씩 보고했다.

CRSF는 작전이 끝나면 보고서를 대신해서 이렇게 구두 보고를 한다.

비밀 유지를 위해서 문서를 남길 수 없기 때문이다.

국가를 위해 목숨을 던진 청룡의 행적은 그래서 대한민국 어디에서도 찾아볼 수 없었다.

강태산은 처음부터 작전에 관한 모든 것을 이야기했지만 김정은의 죽음만은 권단에 의한 것으로 바꾸었다.

상부의 명령은 김정은을 지켜서 쿠데타 세력을 제압하라는 것이었지 북한 권력의 판도 자체를 완벽하게 바꾸라는 건 아니었다.

최 국장은 강태산이 보고하는 와중에 틈틈이 질문을 했다.

그는 조금이라도 이해가 되지 않거나 설득력이 없는 부분에 대해서는 날카롭게 파고들어 충분한 답변을 얻어냈다.

지금 말하고 있는 모든 것은 최 국장의 머릿속에서 정리되어 정 의장에게 전달될 것이고, 정 의장은 최종적으로 대통령에게 보고할 것이다.

거의 두 시간에 걸친 보고를 모두 마치자 두 사람의 표정이 더없이 밝아졌다.

이로써 또 하나의 불가능하리라 여겨지던 작전이 마무리되었기 때문이다.

강태산은 자리에서 일어나며 최 국장을 향해 손을 내밀었다.

"국장님, 돈 주십시오."

"무슨 돈?"

"집에 고기 사가지고 들어가려고요."

*　　　*　　　*

강태산은 정육점에 들러 국장에게서 뺏은 돈으로 소고기 등심을 두 근이나 사서 집으로 향했다.

벌써 시간은 7시를 훌쩍 지나고 있었다.

집에 들어서자 식당에 모여 있던 식구들이 거실로 모두 나와 강태산을 반겨주었다.

"태산아, 일은 잘 마무리되었니?"

"예, 다행스럽게 실종자들을 모두 찾았어요. 그래서 러시아에는 가지 않았어요."

"그럼 지금까지 사무실에 있었던 거야?"

"예."

"잠은 잤어?"

"아뇨. 모든 직원이 러시아 쪽 상황을 파악하느라 정신이 없었거든요. 이틀 밤을 꼬박 새웠어요."

"아이고, 고생했다."

권 여사가 혀를 차면서 강태산의 등을 두들겨 주었다.

사람이 이틀 동안 잠을 자지 못한다는 건 보통 힘든 일이 아니기 때문이다.

강태산을 앞장세우고 식당으로 들어선 식구들은 그때서야 그의 손에 들린 소고기를 확인했다.

은영이 한심한 표정으로 입을 연 것은 권 여사가 소고기를 꺼내서 부지런히 불판에 구울 준비를 할 때였다.

"우리 오빠 대단하다. 이틀 동안 밤새웠다면서 소고기 생각이 나디?"

"먹을 건 먹어야지. 사무실에서 컵라면만 먹었더니 배가 다 홀쭉해졌어."

"바짝 마른 사람이 배불뚝이처럼 말하네. 하긴 오빠는 먹어야겠다. 그 키에 74kg이 뭐냐?"

"응, 맞아. 난 많이 먹어야 해."

순순히 강태산이 시인하자 이번에는 은정이 나섰다.

"아무리 바빠도 서울에 있었으면 전화라도 하지 그랬어. 그러면 도시락이라도 싸서 갔을 텐데."

"아, 그 생각을 못 했네."

"하여간 오빠는 너무 단순해."

강태산을 바라보는 은정의 눈에 연민이 가득 찼다.

강태산은 이틀 밤을 새웠다고 하더니 조금 야윈 것처럼 보였다.

그것은 권 여사도 마찬가지였던 모양이다.

권 여사는 강태산이 배고파하는 것처럼 보이자 정신없이 움직이며 고기를 구워냈다.

"앞으로 그런 일이 있으면 은정이한테 전화해. 내가 맛있는 도시락 싸서 보내줄게."

"알았어요."

"그런데 오빠야, 오빠 없는 동안 북한 쿠데타가 진압되었단다. 알고 있었어?"

"응, 온통 그 소식인데 모르겠냐."

"다행이다. 그치?"

"그런데 평양 시민들이 수천 명이나 죽었다네. 정말 안타까운 일이야."

"그런 소리는 뉴스에 안 나오던데, 어디서 들었어?"

"…친구가 말해주더라."

시간이 얼마 지나지 않아서일까.

아직 국내 언론은 쿠데타가 진압되었다는 것만 알 뿐 상세한 내용은 모르는 모양이다.

얼떨결에 친구 핑계를 대었지만 눈치 빠른 은영이는 즉시 가자미눈을 만들었다.

"혹시 오빠 친구 국정원에 다니는 사람이니?"

"웬 국정원?"

"내가 쿠데타에 관심이 있어서 모든 뉴스를 다 뒤졌지만 그런 소식은 아무 데도 없었거든. 그런 고급 정보를 아는 걸 보면 그 사람 국정원 요원이거나 비밀 요원 아니야?"

"어이구, 이 사람아, 넌 여자애가 추리소설 좀 그만 봐라. 비밀 요원은 아무나 하는 줄 알아?"

"그럼 뭐냐고?"

"그놈, 국정원 요원은 분명 아니니까 나한테 뻥친 거겠지. 하긴 그러고 보니 그놈 별명이 학교 다닐 때 허풍쟁이였네."

"호호, 그런데도 그 사람 말을 믿고 우리한테 말한 거야? 우리 생각 좀 하고 살자."

"쩝, 어. 고기 탄다. 얼른 먹자."

* * *

쿠데타는 불발로 끝났으나 김정은과 그의 핵심 세력, 그리고 쿠데타를 일으킨 친중파가 모두 사살되었다는 뉴스가 긴급으로 뜨자 다시 한 번 대한민국의 모든 언론은 몸살을 앓았다.

100년 가까이 지속되던 백두혈통 김씨 일가의 몰락에 대하여 수많은 논평이 쏟아졌고, 이제 북한이 변화할 것이라는 기대감이 대한민국 국민들의 마음을 적셨다.

그러나 우려를 나타내는 사람들도 상당했다.

너무 급격하게 김정은이 사망했기 때문에 북한 내부의 권력 투쟁이 본격화될 것이라면서 아직까지 남아 있는 친중파와 김정은의 세력들이 또 다른 쿠데타를 일으킬지 모른다는 의견을 제시했다.

그것은 대한민국 정부도 같은 생각을 하고 있었다.

독재가 무너지면 사회는 분열을 일으키고 혼란에 빠져 어디로 튈지 알 수 없기 때문이다.

박무현 대통령은 매일 계속되는 회의로 인해 정신적으로 상당한 피로가 쌓였고 육체도 지쳐갔다.

대한민국의 대통령으로서 국민을 위해 봉사하는 마음으로 살아가는 것이 그의 유일한 소망이었다.

그러나 그런 그의 소망은 너무나 힘든 일이었다.

특히 주변 강대국의 틈바구니 속에서 둘로 쪼개진 조국은 그를 끊임없는 괴로움 속으로 몰아넣었다.

북한.

동족이 살아가는 나라.

경제 대신 핵을 선택하면서 국민을 굶주림에 지치도록 만든 집단이었다.

그는 대통령이란 자리에 오르면서 북한 쪽에 국민이 굶지 않도록 무상 원조와 경제협력을 제안했으나 김정은은 완강한 고집으로 모든 것을 뿌리친 채 오로지 폐쇄적인 정책으로 일관했다.

백두혈통이 끊긴 북한은 지금 너무나 위험한 존재였다.

우려한 대로 권력 다툼이 생긴다면 북한은 결코 해서는 안 될 선택을 하게 될지도 모른다.

총참모장 신기혁이 군부의 전폭적인 지지를 받고 있다지만 뿌리 깊게 박혀 있는 백두혈통의 측근 세력들과 친중파의 반격을 받게 된다면 위험에 빠질 수도 있었다.

수많은 생각이 머리에 떠올라 박무현 대통령은 집무실에 앉아 눈을 감은 채 머리를 뒤로 눕혔다.

벌써 주, 야간을 가리지 않고 회의를 거듭한 것이 4일째였기 때문에 그의 노구는 피로를 호소하며 쉬기를 강요하고 있었다.

이대로 잠이 들고 싶었다.

잠시 동안 아무 생각도 하지 않고 10분만이라도 잠이 들 수 있다면 좋겠다는 생각을 했다.

하지만 그런 생각을 하면 할수록 잠은 오지 않았다.

결국 눈을 뜨고 멍하니 파란 하늘이 담겨 있는 창문을 바라보았다.

예쁘구나.

너무나 예쁜 가을 하늘.

이 나라의 푸른 하늘이 흐려지지 않도록 만들고 싶다.

비서실장이 급하게 집무실로 뛰어든 것은 그가 창가에 비친 하늘을 가까이에서 보려고 자리에 일어날 때였다.

"대통령님, 북에서 직통전화가 왔습니다."

"북에서요? 누가?"

"총참모장 신기혁이 대통령님과 통화를 원하고 있습니다."

너무나 어이없는 사실에 박무현 대통령이 두 눈을 부릅떴다.

쿠데타를 제압한 북한 인민의 영웅.

현재 신기혁의 위치는 북한 정권의 중심을 차지하고 있었다.

예전 같았다면 비서실장은 용건을 묻고 따로 통화 시간을 잡았을 것이다.

즉각 국무회의를 소집해서 북한의 용건에 대한 의견을 청취하고 최적의 답변을 마련해서 다시 통화하는 것이 외교의 관례이다.

일국의 대통령은 아무리 친한 사이라도 국정을 책임져야 하기 때문에 한 마디 말에도 신중을 기해야 한다.

그러나 이번에는 상황이 너무 달랐다.

눈치 빠른 비서실장이 즉각 대통령에게 달려와 통화를 하라고 권유한 것도 그런 이유가 있기 때문이었다.

굳은 얼굴로 대통령이 신호를 하자 비서실장이 집무실에 설치된 전화기의 버튼을 작동시켰다.

"전화 바꿨습니다."

—대통령님, 안녕하십네까. 나는 북한의 총참모장 신기혁입네다.

"반갑습니다. 그런데 무슨 일로……."

—먼저 인민들을 대신해서 감사 인사부터 드리겠습니다. 대통령님의 지원으로 쿠데타를 무사히 제압할 수 있었습네다. 언젠가는 반드시 그 은혜를 갚겠습네다.

"아… 예."

박무현은 다짜고짜 감사 인사를 전해온 신기혁의 태도에 어정쩡한 모습으로 대답했다.

무슨 말인지 정확히 몰랐기 때문이다.

그것은 비서실장도 마찬가지였다. 인터폰으로 통화를 했기 때문에 비서실장도 대화 내용을 듣고 있었는데 신기혁이 감사 인사를 전해오자 황당한 표정을 지었다.

그러나 신기혁의 찬사는 거기에서 그치지 않았다.

—남쪽의 특수 요원들은 정말 대단했습네다. 그들이 없었다면 북한은 내전까지 치러야 했을 겝니다.

"그렇게 높이 평가해 주시니 고맙습니다. 우리로서는 그렇게밖에 도와드릴 수 없었는데 그것이 도움이 되었다니 정말 다행입니다."

뒤를 이은 신기혁의 말에 잔뜩 굳어져 있던 박무현 대통령의 얼굴에서 의아함이 가셨다.

청룡이다.

신기혁은 자신이 청룡팀을 파견해서 도움을 준 것에 대해서 고마움을 표시하고 있는 것이다.

"휴우……."

자신도 모르게 한숨이 흘러나왔다.

새롭게 북한의 실권을 틀어쥔 신기혁과의 대화.

지금은 총참모장의 직책을 가지고 있으나 그는 곧 국방위원장에 올라 북한을 통치하게 될지도 모른다.

어쩌면 지금 이 순간의 통화는 앞으로의 남북 관계를 결정짓게 되는 중요한 자리가 될 수도 있었다.

박무현 대통령의 화답에 신기혁의 목소리가 더욱 밝아졌다.

—현재 남측에서는 또 다른 쿠데타가 우려된다는 의견이 있다고 들었습네다. 그것이 정말입네까?

"그렇습니다. 아무래도 김씨 일가의 통치가 길었고 친중파의 뿌리가 깊으니까요."

—그렇군요. 하지만 대통령님, 그런 건 걱정하지 마시라요. 우리 군은 이미 모든 실권을 장악했습네다. 김정은의 최측근 심복들과 친중파 군단장들은 물론이고 노동당 간부들까지 모두 숙청을 끝냈습네다. 북한에는 인민을 위협할 어떠한 불순세력도 남아 있지 않습네다.

"그게… 정말입니까?"

—저는 오랜 세월 군에 몸을 담은 사람입네다. 정치에 입문한 지 오래되었지만 근본이 군인이란 말입네다. 군인은 신세

를 진 사람에게 거짓말을 절대 하지 않습네다.

"그렇다면 다행이군요. 정말 다행입니다."

—제가 오늘 전화를 드린 것은 고맙다는 인사와 더불어 대통령님께 부탁할 것이 있기 때문입네다.

"말해보시오."

—지금 평양은 쿠데타 세력과 김정은 부대의 격렬한 포격전으로 3,000명이 죽음을 당했습네다. 하지만 더욱 괴로운 것은 5,000명에 달하는 인민들이 부상을 당한 채 신음하고 있다는 겁네다. 대통령님, 무리한 부탁일지 모르나 의료진을 파견해 주십시오. 저희 불쌍한 인민들을 도와주시면 안 되겠습네까?

"도와드리겠소. 그런 것이라면 얼마든지 도와드려야지요."

—고맙습네다. 그럼 염치없지만 이왕 도움을 받는 거 몇 가지 더 부탁드리겠습네다.

"어떤 겁니까?"

—놈들의 포격전으로 평양 시내의 건물들이 엄청난 피해를 입었습네다. 지금도 건물들이 흔들거려 인민들이 대피하고 있는 상황이지요. 우리 북에는 철거할 장비가 턱없이 부족한 실정입네다. 그리고 집을 잃은 인민들도 갈 곳이 없습네다. 남에서 도와주시면 고맙겠습네다.

"그것도 돕지요. 평양 시내의 위험한 건물들을 모두 철거해 드리겠습니다. 그리고 임시로 거주할 수 있는 시설물도 지어 드리겠습니다. 우리 대한민국의 건설 능력은 세계에서도 알아줍니다. 만약 총참모장께서 부서진 건물들을 새로 짓겠다고 하시면 우리 건설업체가 최단 시간 내에 신축할 수 있도록 지원하겠습니다."

—정말 고마운 말씀입니다. 그렇게 해주시면 두고두고 그 은혜 잊지 않겠습네다.

박무현 대통령은 두 눈을 부릅뜬 채 움직이지 못했다.

신기혁의 목소리가 진심을 말하고 있었기 때문이다.

지금까지 북한에 수많은 원조를 했지만 이렇게 진심 어린 인사를 받아본 적이 없었다.

그랬기에 박무현 대통령의 목소리가 떨려 나왔다.

"우린 같은 민족 아닙니까. 북쪽이 어려우면 당연히 남쪽이 도와야지요."

—대통령님, 우리 북은 너무 오랜 세월 동안 폐쇄적인 정책을 펴왔습네다. 모든 것이 권력욕에 눈이 먼 김씨 일가가 자신들의 영욕을 위해 인민들을 탄압했기 때문입네다. 저는 이번 기회에 북을 잘사는 나라로 만들고 싶습네다.

"우리가 도울 일이 있겠소?"

—당연히 남에서 도와주셔야지요. 언젠가는 남과 북이 합쳐야 되지 않겠습네까. 그러기 위해서는 북도 어느 정도는 발전해야 된다고 생각합네다. 인민들이 잘 먹고 잘살아야 통일

이 돼도 충격이 덜할 겁니다.

"그렇습니다. 당연히 그렇지요."

―지금은 제가 너무나 바쁩네다. 일단 지금까지 말씀드린 것부터 도와주시면 차츰 남북 경협에 관한 것도 의논하겠습네다.

"남북 경협이라면… 어떤?"

―그동안 우리 남북은 김정은 그자로 인해 너무 소원한 관계로 지내왔습네다. 먼저 끊어진 개성공단을 시작으로 신의주를 비롯한 5개 공단을 가동할 생각입네다. 제가 정국을 안정시키는 대로 대통령님과 한번 만나고 싶습네다. 그때 세부적인 내용을 의논했으면 합네다.

"그럽시다. 우리 쪽에서는 최대한 북을 도울 수 있도록 준비하고 있겠습니다. 의료진과 건설업체는 준비되는 순서대로 바로 올려 보내겠습니다. 그리고 당장 필요하실 테니 쌀도 지원하겠습니다."

*　　　*　　　*

박무현 대통령은 빠르게 움직였다.

그는 신기혁과 전화 통화를 끝낸 후 곧장 비서실장에게 기자회견 지시를 내렸다.

북한에 관련된 내용은 언제나 민감했다.

더군다나 지금처럼 새롭게 정권을 쥔 신기혁이 남북 경협까지 언급하며 통일이란 말까지 꺼낸 이상 대한민국은 몸살을 앓을 게 뻔했다.

하나의 조국에 살고 있으나 국회와 사회 지도층에는 진정으로 대한민국을 사랑하지 않는 자들이 꽤 많았다.

미국과 중국, 그리고 일본의 지원을 받으며 승승장구한 자들은 대한민국의 이익보다는 자신들의 이익과 자신들을 지원한 국가의 이익을 우선했다.

그들의 힘은 대단해서 반드시 해야 할 일도 막아버릴 만큼 커다란 세력을 형성했기 때문에 집단으로 움직이면 대통령이라 해도 함부로 정책을 펴지 못했다.

한반도의 통일에 가장 큰 걸림돌은 김씨 일가였다.

하지만 그에 못지않게 통일을 반대하는 세력에는 중국이 있었고, 미국과 일본 등의 열강들도 큰 몫을 차지했다.

그들은 결코 한반도가 통일이 되어 비상하는 것을 원치 않아 남북의 화해 무드가 조성될 때마다 방해 공작을 서슴지 않고 자행했다.

그것을 너무나 잘 알기에 박무현 대통령은 정 의장의 제안을 받아들여 여론을 먼저 움직일 생각이다.

먼저 터뜨리고 자신을 지지하는 대다수 국민의 호응을 끌어낸다면 반대 세력들은 함부로 입을 열지 못할 것이란 판단이었다.

박무현 대통령의 작전은 간단했다.

일단 적대 세력이 치열하게 반대하지 못하도록 인도적인 차원에서의 지원 쪽으로 가닥을 잡는다.

수많은 사람이 제대로 치료를 받지 못한 채 죽어가는 중이고 잠잘 곳이 없어 비참한 생활을 한다며 기자회견을 열어 간절하게 호소하면 정 많은 대한민국 국민들은 정부의 정책에 적극적으로 지지해 줄 것이다.

남북 경협과 점진적 통일 방안 논의는 그다음이다.

어려운 일이겠지만 적대 세력을 철저히 가려 뽑아 각개격파를 병행하면 반드시 한민족의 비상을 알리는 통일을 이뤄낼 수 있을 것이다.

그것을 위해 목숨을 건다.

조국을 위해 봉사하겠다는 신념으로 살아왔으니 적들이 어떠한 공세를 펼쳐도 이겨낼 자신이 있었다.

*　　　*　　　*

"김 과장, 오늘 갑자기 대통령께서 긴급 기자회견을 열어 대국민담화문을 발표한다며?"

"그러신다더군. 12시 30분에 한다던데?"

"그럼 얼마 남지 않았네."

천하물산에서 근무하는 윤기영은 입사 동기인 자재부의 김호영이 묻자 즉각 대답했다.

그러자 윤기영이 텔레비전 쪽으로 슬쩍 고개를 돌렸다.

둘은 점심을 먹고 휴게실에서 커피를 마시고 있는 중이었는데 주변은 사람들로 가득 차 있었다.

대한민국 사람들은 밥 먹는 데 10분밖에 걸리지 않는다. 특히 구내식당에서 밥을 먹는 사람들은 조금 일찍 내려가서 먹기 때문에 이렇게 밥을 먹고 휴게실로 올라오는 데 걸리는 시간은 20분이면 충분했다.

수출입을 전담으로 하는 천하물산은 현재 벌어지고 있는 북한 쿠데타 사건이 초미의 관심사였다.

벌써 몇몇 국가에서는 정국 불안을 이유로 수출 오퍼에 제동을 걸어오는 경우도 생기는 중이다.

다른 나라에서는 북한에 문제가 생기면 한반도에 전쟁이 날 것이라 생각하는 모양이다.

김호영의 입이 다시 열린 것은 윤기영이 커피 잔을 입으로 가져갈 때였다.

"혹시 왜 하는 건지 알아?"

"나도 모르지. 하지만 이번 북한 쿠데타와 관련해서 말씀하실 게 있는 거 아닐까?"

"그렇겠지. 그래도 지금은 말씀하실 게 별로 없을 텐데. 아직 북한 사정도 잘 모른다며. 더군다나 갑작스럽게 열린 기자회견이라 기자들도 허둥대는 모양이야."

"그건 어디서 들었어?"

"대한일보의 정치부에 내 친구가 있다고 했잖아. 그놈이 전화를 해왔어. 갑작스럽게 기자회견을 한다고 해서 지금 부랴부랴 뛰어가는 중이라고."

"거참, 우리 대통령님은 가끔가다 이러신다니까. 저번에는 사촌 조카가 비리에 연루되었다고 기자회견을 열어 사과하시더니 이번에는 또 뭐래?"

"야, 그게 비리냐. 추석 때 소고기 세트 받은 걸 야당 쪽에서 지랄하는 바람에 그렇게 된 거지. 하여간 야당 놈들은 별걸 다 가지고 시비를 걸어서 우리 대통령님을 힘들게 해."

"그건 그래. 우리 박 대통령 같은 분이 어디 있다고 지랄이야, 지랄이."

"정치권에서는 아무리 지랄해도 우리 대통령이 최고야. 난 그분이 돌아가실 때까지 대통령 하시면 좋겠다. 우리 역대 대통령 중 그런 분이 어디 있었냐. 안 그래?"

"어디서 그런 사람들하고 우리 박무현 대통령하고 비교를 해. 말도 안 되는 소릴 하고 있어."

"야, 야, 시작하나 보다."

김호영이 텔레비전을 보고 소리치자 윤기영의 고개가 기다렸다는 듯 돌아갔다.

이미 휴게실에 가득 찬 직원들은 화면에 나온 대통령 긴급특별담화란 자막을 보면서 텔레비전이 있는 방향으로 의자를 옮기고 있었다.

박무현 대통령이 천천히 기자회견장으로 들어서자 춘추관을 가득 채운 기자들이 전부 자리에서 일어나고 있다.

언제부턴가 기자들은 박무현 대통령에 대한 존경의 표시로 기자회견 때마다 자리에서 일어났다.

김기영의 입이 슬쩍 열린 것은 대통령이 단상에 올라 정중히 고개를 숙일 때였다.

"아이고, 우리 대통령님 얼굴이 야위셨네. 연일 잠시도 쉬지 못하고 회의를 하신다더니 얼굴이 많이 상하셨다."

"그러게 말이다. 건강도 생각하시며 일을 하시지 저게 뭐야. 아이, 씨발, 내 마음이 다 아프네."

"야, 조용히 해. 이제 시작한다."

중얼거리던 두 사람은 박무현 대통령이 입을 열자 조개처럼 입을 다물고 한 자도 놓치지 않겠다는 듯 귀를 쫑긋 세웠다.

박무현 대통령은 언제나 그렇듯 작은 몸에서 사람들에게 신뢰를 주는 목소리로 인사말부터 시작했다.

"친애하는 국민 여러분, 갑작스럽게 담화문을 발표하게 돼서 죄송합니다. 그러나 국민 여러분도 뉴스를 통해 아시는 것처럼 북한에서 사 일 전 쿠데타가 발생되었기에 대통령인 제가 국민 여러분께 저간의 상황을 말씀드리는 게 도리라고 생각해 이처럼 긴급하게 자리를 마련했습니다. 북한은 쿠데타가 발생해 양측의 군 사상자가 1,000여 명에 달하고 민간인도 8,000이나 죽고 다쳤습니다. 또한 평양 시내에서 포격전을 펼쳤기 때문에 수많은 건물이 파손되고 무너진 상태입니다. 그 과정에서 김정은 국방위원장이 사망했고 쿠데타를 일으킨 원기백과 그 일당도 죽음을 맞이했습니다. 현재 북한은 총참모장 신기혁 차수가 쿠데타를 진압한 채 복구에 여념이 없는 상태임을 알려 드립니다. 북한은 지금도 수많은 사람들이 제대로 치료를 받지 못한 채 죽어가고 있는 중입니다. 그뿐만 아니라 집이 폭파되어 추운 날씨에도 길바닥에서 잠을 잔다고 합니다. 북에서는 인도적인 차원에서 우리 쪽에 긴급히 도와달라는 메시지를 보내왔습니다. 따라서 저는 그들에게 의료진과 건설진을 파견해 전후 복구 작업을 돕겠다는 약속을 했습니다. 덧붙여 지금 식량 부족으로 밥을 굶고 있는 북한 주민들을 위해 쌀도 지원하겠다고 했습니다. 국민 여러분, 북한 주민은 우리와 한 핏줄을 가지고 태어난 사람들입니다. 저는 그들의 고난과 역경을 외면할 수 없다고 생각했습니다. 그들을 돕기 위해서는 많은 예산이 필요합니다. 하지만 우리는 그들을 외면하면 안 됩니다. 국민 여러분, 저를 믿어주시고 정부의 결단에 적극적인 지지를 해주시기를 간절하게 호소합니다."

박무현 대통령은 담화문만 발표하고 기자들의 질문은 받지 않은 채 퇴장했다.

휴게실을 가득 채운 사람들의 목소리가 웅성거리기 시작한 것은 대통령이 기자회견을 마치고 자리를 뜰 때부터였다.

"아니, 뭔 저런 담화문을 발표하신대. 혹시 어떤 놈이 반대해서 그런 건가?"

"반대는 무슨, 대통령이 결정하시면 그냥 하는 거지. 우리 대통령이 쌀 팔아서 집을 사겠다는 것도 아니고, 어떤 놈이 반대를 해?"

"그렇지 않으면 저런 담화문을 왜 발표하신 거냐?"

"가만, 가만. 그러고 보니 북한에 지원하겠다면 쌍수를 들고 반대한 놈들이 있잖아."

"누가 있는데?"

"텔레비전 못 봤냐. 가끔가다 김정은 처형한다면서 불놀이하던 노인네들. 그리고 거기다가 기름 부으면서 떠들던 국회의원들도 있잖아. 그놈들은 북한에 도움을 준다면 무조건 반대하는 자들이야."

"지랄 옆차기 한다."

"그런데 돈이 많이 들어가는 모양이다. 대통령이 국민한테 호소까지 하는 걸 보면 말이야. 혹시 국회에서 예산을 통과시키지 않으면 어쩌지?"

"지들 돈이야? 좋은 일 하겠다는데 왜 통과를 안 시켜!"

"국회에는 다른 생각을 하는 놈들이 엄청 많다. 상식이 안 통하는 자들이 쌔고 쌨어."

"하긴, 국회의원들은 자기들끼리 말할 때 존경하는 누구 위원님, 이렇게 말한다더군. 왜 그러는지 알아?"

"왜 그러는데?"

"지들끼리 존경하지 않으면 아무도 존경해 줄 사람이 없어서 그렇단다."

"크크크, 맞는 말이다."

"하여간 난 무조건 찬성이야. 어떤 놈이 나서서 반대하기만 해봐. 확 주리를 틀어버릴 테니까!"

* * *

박무현 대통령의 특별담화문을 들은 국민의 여론은 폭발적이었다.

워낙 지지율이 높았고 국민에게 존경과 사랑을 한 몸에 받는 박무현 대통령이 직접 담화문을 읽으며 눈시울을 붉히자 국민들은 너 나 할 것 없이 무조건 찬성한다며 정치권과 언론을 압박했다.

인터넷도 난리가 아니었다.

각종 포털 사이트뿐만 아니라 블로그, 까페, 각종 SNS에서도 박무현 대통령을 지지하는 글이 무더기로 쏟아졌다.

가끔가다 반대 의사를 표하면서 대통령을 욕하는 댓글들도 달렸으나 사람들의 뭇매를 맞으며 서서히 사라져 갔다.

북으로의 지원이 시작된 것은 대통령이 특별담화를 발표하고 3일 후부터였다.

일사천리.

국민의 전폭적인 지지를 얻어낸 박무현 대통령은 특별예산을 편성해서 대형 건설사를 전부 동원하는 초강수를 두었다.

거기다가 의료봉사단을 비롯해 각 대형 병원들로부터 의사들을 차출해 평양으로 출발시켰고 쌀 수매에 전력을 기울였다.

*　　　*　　　*

한정식 '송학'의 특실에는 세 사람이 술잔을 기울이며 대화를 나누고 있었다.

한 사람은 야당의 원내총무를 맡고 있는 최정호였고, 또 하나는 여당의 중진 채종원으로 4선인 그는 국회 예결위원장을 맡고 있었다.

하지만 그들은 상석에 앉지 못했다.

상석에는 여당의 차기 대선 주자 중 한 명으로 꼽히는 강경돈이 자리했기 때문이다.

강경돈은 벌써 5선으로 여당 내에 20명에 가까운 계파위원들을 두고 있는 실세 중의 실세였다.

강경돈의 입이 열린 것은 앞에 있는 빈 술잔을 채종원에게 전해주면서였다.

채종원은 그와 같은 당 소속이고 개인적으로는 같은 대학의 7년 후배였다.

"채 위원, 이번에 들어가는 돈이 얼마나 되지?"

"5,000억 정도입니다."

"그건 시작이겠군."

"그렇습니다. 아무래도 평양 시내의 건물들을 복구하려면 더 많은 돈이 들어가야 할 겁니다."

"박무현이 무리수를 두고 있구만."

"대통령은 북한과의 우호 관계를 회복할 수 있다면 무슨 짓이라도 벌일 수 있는 잡니다."

"음……."

"어찌할까요? 예전처럼 쓸데없는 국고를 낭비한다고 슬슬 언론플레이를 하면 먹혀들지 않겠습니까?"

"지금은 때가 아니야. 박무현이 갑작스럽게 대국민특별담화를 해버리는 바람에 손을 쓸 수가 없었어. 사전에 준비해서 틀어막는 것과 이미 엎질러진 물을 쓸어 담는 건 하늘과 땅의 차이가 있단 말이지. 지금 박무현의 인기는 하늘을 찌를 정도라서 뒷북을 치다가는 우리가 당할 수도 있어."

"그럼 형님 생각은 뭡니까?"

"내가 봤을 때 아무래도 박무현과 북한의 정권을 틀어쥔 신기혁이 모종의 암약을 한 것 같다."

"어떤?"

"위에서는 혹시 놈들이 통일을 생각하는 게 아닌가 하는 의심을 하고 있어."

"통일이요?"

"나도 처음에는 믿지 못했지만 막상 박무현이 저렇게 적극적으로 나서는 걸 보니 의심이 들더군."

"그건 미친 생각입니다. 우리나라가 이렇게 잘살게 된 건 다 북한을 멀리했기 때문입니다. 북한을 끌어안으면 우리 경제는 아마 30년 정도 후퇴하게 될 겁니다."

"맞아, 그것이 우리가 늘 주장하던 논리지. 그리고 위에서도 원하지 않는 것이고."

"만약 그런 생각을 가지고 있다면 무슨 수를 쓰든 막아야 합니다."

"막아야지. 박무현 그자가 신기혁과 공조해서 그런 짓을 한다면 기필코 막아야 돼. 다른 세력과 힘을 합치더라도 말이야."

"당연한 말씀입니다. 다른 세력도 한반도가 통일되는 건 바라지 않을 테니까요."

채종원이 거품을 물자 강경돈의 얼굴에 쓴웃음이 새겨졌다.

과연 채종원이 정말로 대한민국을 위해서 저런 소리를 지껄이는 걸까.

아닐 것이다.

놈은 중국의 막대한 지원을 차명으로 벌써 10년이 넘게 받아오고 있었다.

그 돈으로 국회의원에 당선되었고, 물 쓰듯 인심을 써서 예결위원장까지 된 놈이다.

물론 자신도 마찬가지였다.

20여 명이 넘는 계파를 관리하기 위해서는 수많은 돈이 들어가기 때문에 중국이 무엇을 원하는지 뻔히 알면서도 두꺼비처럼 받아 삼켰다.

강경돈의 눈이 야당의 원내총무 최정호에게 돌아간 것은 채종원이 화가 났는지 술을 벌컥벌컥 들이켤 때였다.

"최 의원, 그쪽은 최 의원이 맡아줘야 될 것 같아."

"박무현이 원하는 게 정말 그것이라면 우리 쪽에도 행동을 같이할 사람들이 많습니다. 결코 원하는 대로 되지 않을 겁니다."

"그래, 그쪽에도 반대할 자들이 많이 있지?"

"그럼요. 은밀하게 숨기고 있지만 미국과 일본에서 지원받는 자들이 꽤 있습니다. 우리와 공조할 자들은 카드만 내밀면 부지기수로 나타날 겁니다."

"잘 준비해 줘. 국민은 개돼지나 다름이 없어서 언론만 적당히 동원하고 여론만 형성시키면 박무현에 대한 지지는 거품처럼 사라지게 될 테니까 말이야."

"알겠습니다."

"우리 쪽 언론 담당자들을 최대한 활용해. 지금 당장은 위험하니까 시간을 둬서 천천히 움직이도록. 북한에 무작정 지원하게 되면 우리나라 경제가 피폐해진다는 논리는 예전부터 확실하게 먹혀들던 거니까 이번에도 충분히 통할 거야."

"맞는 말씀입니다."

"박무현의 움직임을 봐서 총회를 열 테니까 그것도 준비해 둬. 정말 박무현이 그렇게 움직인다면 천안문회는 전력을 다해서 그자를 쳐야 한다."

제5장
데이트

국정원장은 대통령의 설명을 들은 후 긴장감으로 인해 몸을 무섭게 굳혔다.

정말 신기혁이 그렇게 나왔다면 분단 이후 남북 관계는 어마어마한 변화가 일어날 것이다.

그랬기에 그는 대통령을 향해 신중하게 입을 열었다.

"대통령님, 혹시 신기혁이 우리의 원조를 얻어내기 위해 입에 발린 소리를 한 건 아닐까요?"

"그럴 수도 있겠지요. 하지만 그의 목소리는 진심이 가득 차 있었습니다."

"현재 투입된 예산만 해도 5,000억이 넘습니다. 불과 보름이 지났음에도 벌써부터 퍼주기 논란이 시작될 조짐을 보이고 있습니다."

"그건 늘 나오던 말 아닙니까."

"혹시 신 차수가 만나자는 날짜를 박았습니까?"

"그는 날짜는 거론하지 않았소. 대신 북한의 정국이 안정되면 우선 실무자들끼리 협의할 사안을 논의하자고 하더군요. 지금 북한은 정신이 없어요. 군부가 완벽하게 장악했어도 한동안은 체제를 정비하느라 다른 곳에 눈 돌릴 새가 없을 거요."

"그렇다면 시간이 꽤 걸리겠습니다."

"나는 그가 6개월 이내에 연락을 해올 거라 생각하고 있습니다. 그동안 우리는 적극적인 남북 경협을 위해 착실히 준비해 나가야 합니다."

"대통령님, 평양 재건을 지원하는 데는 곧 한계에 부딪칠 겁니다. 막대한 예산이 들어가게 되면 조금만 언론이 떠들어도 국민들이 돌아설 수도 있습니다. 그리되면 남북 관계가 진행될수록 반대는 더 극심해질 겁니다."

"원장님, 우리에게는 어쩌면 이번이 마지막 기회일지도 몰라요. 우린 어떠한 난관도 이겨내야 합니다."

"그래야지요. 그런데……."

"원장님을 부른 것은 원장님이 해주실 일이 있기 때문입니다."

"말씀하십시오."

"모든 책임은 제가 지겠습니다. 나는 한반도의 통일을 위해서라면 목숨을 걸 의향도 있으니까요. 그러나 외세의 힘을 빌려 방해하는 자들만큼은 반드시 처단해야겠습니다."

"설마… 그들을 건드리실 생각입니까?"

"그렇소."

"대통령님, 자칫 잘못하면 정권이 위험해질 수도 있습니다. 그자들의 뿌리는 깊고 넓습니다."

"모든 자를 한꺼번에 처단하기는 어렵겠지요. 하지만 수뇌부 몇몇만 솎아내면 그자들은 중심을 잃고 허둥지둥댈 겁니다. 원장님, 리트스를 작성해 주세요. 그리고 그자들을 쳐낼 수 있는 방법도 강구해 주십시오. 제가 대통령직을 걸고서라도 반드시 제거할 테니 말입니다."

*　　　*　　　*

강태산은 집으로 돌아온 후 주말 동안 편안하게 휴식을 취하면서 보냈다.

육체의 피곤은 현천기공을 운용하면 금방 사라졌지만 수많은 사람을 죽인 정신은 언제나 작전이 끝나면 휴식을 강요했다.

그러나 그런 휴식은 얼마 가지 않아 또다시 따분함으로 변했다.

매일처럼 야차가 되어 살아온 인생은 편안함을 거부했고, 또다시 격렬한 전쟁을 원했다.

사회는 어수선했다.

박무현 대통령의 결단으로 북쪽에 300명의 의료진이 파견되었고, 대형 건설사들이 보유 장비를 이끈 채 판문점을 통해 이동했기 때문에 언론은 연신 그들의 동향을 보도하느라 정신이 없었다.

북쪽은 남쪽 기자들의 의료 활동과 복구 현장에 대한 취재 활동을 제한하지 않았기에 텔레비전과 신문은 연신 북쪽의 상황을 실시간으로 중계했다.

그러나 그런 시간이 오랫동안 지속되자 처음에는 온통 북한 소식이던 언론은 차츰 안정을 찾아가기 시작했고, 대한민국의 국민도 점점 일상으로 돌아갔다.

UFC의 제프리 조던에게 전화가 온 것은 강태산이 집으로 돌아온 지 한 달이 지났을 때였다.

—미스터 강, 그동안 잘 지냈소?

"오랜만입니다."

—껄껄껄, 보내준 돈은 잘 받았는지 모르겠구려. 내가 특별히 회장님께 부탁해서 보너스를 챙겨 넣었소.

"봤습니다. 오만 달러나 주셨더군요."

강태산이 빙긋 웃으며 제프리 조던의 공치사에 대답했다.

오만 달러면 우리나라 돈으로 육천만 원에 가깝다.

요시다와의 대전에서 연속 승리 수당과 PPV까지 합해 육만 달러를 받았으니 보너스로는 상당한 금액이다.

물론 메인 매치를 벌이는 선수들에게는 자주 쥐어지는 보너스였으나 강태산 같은 신인에게는 상당한 액수가 분명했다.

강태산이 밝은 목소리로 대답하자 제프리 조던의 웃음소리가 훨씬 커졌다.

—미스터 강, 계약 조건 때문에 함부로 말하기는 어렵지만 우리는 당신이 두 달 후에 벌어지는 UFC 460에서 휴 잭맨과 대결을 했으면 합니다. 어떠시오?

"먼저 문서로 약속을 해주시죠. 내가 이기면 현 챔피언 맥도웰과 타이틀전을 갖게 해주겠다고 약속해 주면 하겠습니다."

—그거야 우리가 먼저 제안한 거니까 당연히 해주겠소. 우리는 당신과 휴 잭맨의 경기를 페더급 타이틀매치와 공동 메인 매치로 진행할 생각이오.

"나는 아무래도 상관없습니다."

—그럼 언론에 홍보할 테니 준비 잘하시오. 나는 이번에도 당신이 멋진 경기를 할 것이라 기대합니다.

"그러지요."

*　　　*　　　*

최유진은 스포츠국 사무실에서 뉴스를 검색하면서 시간을 보냈다.

그동안 그녀는 격투기 쪽의 핫이슈인 강태산이 체육관도 나오지 않은 채 완벽하게 숨어버렸기 때문에 몇몇 유망주를 인터뷰하고 특집 프로그램으로 각 체급의 챔피언들에 대한 특집 방송을 제작하는 데 참여했을 뿐이다.

사회 분위기를 어수선하게 만들던 북한의 쿠데타와 정부의 대북 지원은 시간이 지나자 슬금슬금 사라지더니 한 달이 가까워지자 단신으로 처리되었고, 대신 EU에서 탈퇴한 영국과 그리스 등 5개국이 EU의 적극적인 권유로 재가입 예정이라는 소식과 일본의 독도 영유권 주장이 본격화되면서 UN에 영토 분쟁 지역으로 다시 제소됐다는 내용이 주를 이루었다.

한참 동안 포털 사이트의 정치, 경제, 그리고 스포츠 뉴스까지 들척이던 그녀가 UFC 홈페이지를 연 것은 국장이 들어오는 것을 확인했기 때문이다.

특별히 할 일은 없지만 뉴스나 뒤적이고 있다는 것을 국장이 보게 만들 수는 없었다.

그때 홈페이지를 연 그녀의 눈이 순식간에 더없이 커졌다.

어느새 화면에는 강태산의 사진이 대문짝만하게 실려 있었고, 두 달 후에 벌어지는 UFC 460에서 라이트급 랭킹 1위 휴 잭맨과 메인 매치를 벌인다는 뉴스가 펼쳐져 있었다.

너무 놀라 최유진은 국장이 다가오는 것도 모른 채 정신없이 기사에 빨려들었다.

기사에서는 강태산의 가공할 인파이팅 능력을 높이 평가하며 타격과 그라운드 기술의 마술사 휴 잭맨과의 대결을 기대해 달라는 소식을 전했다.

"뭐 해?"

"국장님, 우리 엄청 바빠지겠어요."

"왜?"

"강태산의 시합이 잡혔어요. 두 달 후 UFC 460이에요."

"정말이냐?"

"여기 보세요. UFC 홈페이지에 실려 있으니까 확실해요."

최유진이 몸을 비켜 국장이 읽을 수 있도록 공간을 마련해 주자 국장이 급히 다가와 화면에 시선을 고정시켰다.

한참 동안 기사를 읽어 내리던 국장의 얼굴은 어느새 붉게 달아올라 있었다.

흥분했다는 증거이다.

그는 저번 요시다와의 경기 중계권을 JYN에 넘겨준 걸 지금까지 후회하며 아쉬워했다.

강태산이 요시다를 박살 내는 장면은 인터넷 동영상 조회수가 500만을 기록할 정도로 대단한 히트를 쳤고, 본방송의 시청률도 9%를 찍는 대박을 터뜨렸기 때문이다.

"강태산 그놈 위치는 아직 못 찾았어?"

"그 사람, 김 코치 전화도 안 받는대요. 시합이 없을 때는 절대 체육관에 나오지 않는다고 하네요."

"그놈, 지가 무슨 홍길동이야, 뭐야? 도대체 어디로 숨은 거야?"

"그래도 시합이 정해지면 체육관에 나오잖아요."

"그렇지. 어쨌든 내일부터 유진이 너는 만덕체육관에 가서 살아라. 나는 지금 당장 사장님 만나러 가야겠다."

"중계권 때문에요?"

"이번에는 무슨 수를 쓰든 따낼 거다. JYN 놈들이 어떤 짓을 해도 반드시."

"국장님, 출혈이 너무 커요. UFC 쪽에서는 벌써부터 강태산 선수를 가지고 장사하잖아요. JYN과 경쟁을 계속하면 중계료는 끝없이 치솟게 될 거예요."

"그럼 너는 그놈 경기를 JYN에 내주자는 거냐?"

"그게 아니고요. 우리도 현명해질 필요가 있어요. JYN과 협약을 맺고 페어플레이를 해야 해요. 강태산 선수가 현재 떠오르는 핫 코너지만 과다한 출혈 경쟁으로 UFC만 좋은 일 시켜서는 안 된단 뜻이에요."

"그건 맞는 말이다. 하지만 내 욕심은 돈을 트럭으로 갖다주는 한이 있더라고 그놈 경기를 우리가 따내고 싶어."

"이번 경기에 한정된다면 그렇게 해도 돼요. 그러나 강태산 선수가 이기면 어쩔 거예요. 강 선수가 이겨서 챔피언 타이틀전을 벌이면 그때는요. 아마 그때가 되면 UFC에서 점점 엄청난 금액을 요구할 게 분명해요."

"우, 씨발, 정말 고민되는 얘기다. 일단 사장님부터 만나야겠다. 가서 사장님 생각을 들어볼 테니까 너는 무조건 그놈을 만나. 알았어?"

*　　　*　　　*

민다영은 수업이 끝난 후 습관처럼 핸드폰을 들여다봤다.

오늘도 그의 전화는 오지 않았다.

도대체 뭘까.

왜 그는 두 달이 다 되도록 아무런 연락이 없는 걸까.

스스로 생각해도 이토록 그의 전화를 기다리는 자신이 정말 이해되지 않았다.

그녀는 좋은 환경에서 태어나 남부럽지 않은 삶을 살아왔고 얼굴도 예뻐서 많은 남자들의 시선을 받았다.

남자를 사귀지 않은 건 아니었다.

대학 시절 세 명의 남자친구가 있었고, 교사가 된 후에도 그중 한 명과 이 년을 더 사귀었다.

하지만 그가 다른 여자와 양다리를 걸치고 있다는 사실을 안 후 지금까지 3년이 넘도록 남자를 사귀지 않았다.

남자에 대한 실망과 자신의 삶을 더 풍요롭게 만들고 싶다는 욕심에 대학원을 진학했기 때문이다.

잘생기지도 않았고 직장마저 튼튼하지 않은 강태산과 선을 본 것은 그에게 처음 말한 것처럼 그의 마음 씀씀이가 너무나 마음에 들어서였다.

누군가의 죽음을 맞이하면서 아무 상관 없는 사람이 그토록 애를 쓴다는 것은 정말 어려운 일이다.

큰 기대를 가지고 선을 보러 나간 것은 아니었다.

오직 부모님의 성화와 강태산의 마음씨만 믿고 나간 자리였다.

아니, 엄밀하게 말하면 선도 아니었다.

호텔에서 커피나 마시자고 약속했으니 일종의 소개팅이다.

서로 마음에 들지 않으면 언제든지 일어날 수 있는 격식 없는 자리에 불과했으나 그녀는 강태산을 본 후 자리에서 일어날 수 없었다.

그저 착할 것이라 생각했다.

사진으로 본 그는 누군가의 말을 거부하지 못할 착한 얼굴과 착한 눈망울을 지니고 있었다.

그러나 직접 함께 마주 앉아 이야기를 나눌수록 그는 전혀 예상하지 못한 카리스마를 뿜어내기 시작했다.

그의 목소리는 굵직한 저음이었고, 그 음성에서 배어 나오는 한 마디 한 마디가 거부할 수 없을 정도로 매력적으로 다가왔다.

정말 이해할 수 없는 일이었다.

지금까지 다섯 달이 넘도록 네 번의 데이트를 한 것이 전부이다.

전화는 그보다 더욱 뜸해서 세 번밖에 오지 않았다.

자신의 처지에 대해서 간략하게 설명한 그는 그녀의 궁금증은 풀어주지 않고 그저 미안하다는 말만 했다.

신비에 싸인 남자?

막상 생각하니 웃음밖에 나오지 않는다.

예전의 자신이었다면 이런 남자는 쳐다보지도 않았을 것이다.

천천히 책상 정리를 하고 있을 때 같이 근무하는 정연화 선생이 다가왔다.

정 선생과는 나이가 같고 같은 시기에 전근을 해와 둘도 없이 친하게 지내는 사이였다.

"자기 오늘 약속 있어?"

"아니."

"그럼 오늘 영화 어때? 천만 영화가 또 하나 생기겠더라. '마지막 선물'이란 영화 알지?"

"응, 요새 한창 뜨는 영화라며."

"거기 주인공이 정성화잖아. 그 남자, 영화에서 너무 애절하게 나온대. 영화를 본 사람들이 전부 울고 나왔다는 거야."

"재밌겠다."

"우리 보러 가자. 가서 영화도 보고 저녁 같이 먹자."

"좋아."

민다영은 활짝 웃는 그녀를 향해 마주 웃어주며 핸드백을 챙겼다.

어차피 할 일도 없으니 오랜만에 그녀와 함께 영화를 보는 것도 괜찮겠다는 생각이 들었다.

여자들은 둘만 모이면 그릇이 깨진다고 한다.

그건 어리든 나이가 먹든 변함없는 진리이다.

어린 제자들의 인사를 받으며 두 사람은 연신 웃음꽃을 피운 채 학교를 나섰다.

걸음을 옮기면서도 그녀들의 대화는 끝이 없었다.

이대로라면 그녀들은 영화관에 도착할 때까지 끝없이 이야기할 것 같았다.

그러나 학교 문을 막 나섰을 때 민다영은 거짓말처럼 스르륵 걸음을 멈추면서 입을 닫았다.

그녀의 눈에 들어온 익숙한 모습.

언제나 기다리며 만나고 싶던 사람.

강태산이 차에 기대어 부드러운 미소를 지은 채 그녀를 바라보고 있었던 것이다.

"태산 씨……."

* * *

민다영이 걸음을 멈추고 차를 파킹한 채 기다리는 남자를 하염없이 바라보자 정연화가 의문에 찬 시선으로 강태산을 향해 시선을 주었다.

키가 크고 늘씬하게 빠진 몸매를 가졌지만 얼굴은 착하게만 생겼지 별로인 남자였다.

그랬기에 정연화는 불쑥 물었다.

"누구야?"

"……."

그녀의 질문에 민다영은 아무 말도 하지 않았다.

정연화가 다시 물을 때까지.

"뭐야? 저 남자 누군데?"

"내 남자친구."

고민하던 민다영의 입이 천천히 열렸다.

그녀의 대답에 정연화는 어이없다는 표정으로 강태산을 다시 바라봤다.

이해가 되지 않는다는 표정.

민다영은 그녀의 직장에서 마스코트라 불릴 정도로 아름다웠다.

아니, 그녀의 직장뿐만 아니라 서초구에 근무하는 모든 초등학교를 통틀어도 가장 예쁘다고 생각했다.

그런데 그런 민다영이 남자친구란 말을 서슴없이 꺼냈으니 충분히 놀라운 일이었다.

지금까지 민다영이 남자를 사귄다는 소린 들어보지 못했기에 정연화의 입이 다시 열렸다.

"진짜?"

"응."

"자기, 나한테 남자친구 있다는 얘기 한 번도 안 했잖아!"

"사정이 있었어. 정 선생, 오늘은 미안하지만 약속 못 지키겠다."

"정말 남자친구야?"

"그렇다니까."

"그렇다면 할 수 없지. 학교 앞까지 찾아왔으니 내가 양보할 수밖에. 알았어. 가봐."

쿨하게 대답은 했으나 정연화는 강태산에게 다가가는 민다영의 뒷모습에서 시선을 떼지 못했다.

정말 이해할 수 없는 일이다.

아무리 남녀 관계는 알 수 없는 일이라고 하지만 민다영이 저런 남자친구를 가졌다는 게 믿겨지지 않았다.

민다영은 강태산이 기다리고 있는 주차장으로 걸어갔다.

그러면서 강태산에게 한 번도 눈을 떼지 않았다.

눈을 떼면 마치 신기루처럼 사라져 버릴 것 같았기 때문이다.

그런 그녀를 강태산은 부드러운 미소를 지은 채 기다렸다.

"놀랐어요?"

"조금요. 어떻게 된 거예요?"

"뭐가요?"

"이제 바쁜 거 다 끝난 거예요?"

"대충 마무리된 것 같아요. 조금 처리할 일이 남았지만 아주 바쁜 건 지나갔어요."

"전화라도 주지 그랬어요."

"놀라게 해주고 싶었거든요. 연속극에 가끔가다 나오잖아요. 남자친구가 여자친구 직장 앞에서 기다리는 거. 나도 그걸 한번 해보고 싶었습니다. 어때요, 괜찮았나요?"

"…네. 저도 봤어요, 그런 거. 연속극에서는 별로라고 생각했는데 막상 저한테 그런 일이 벌어지니까 기분이 좋네요."

강태산의 말에 민다영의 얼굴이 슬쩍 붉어졌다.

그녀는 대답을 한 후 멀찍이서 아직도 가지 않고 자신을 지켜보는 정연화를 향해 시선을 주었다.

왠지 모를 부끄러움.

좋은 느낌은 분명했으나 남들에게 들키고 싶지 않은 여자의 마음이다.

"다영 씨 스케줄도 모른 채 그냥 왔어요. 혹시 다른 약속이 있는 건 아니죠?"

"저기 보고 있는 친구랑 영화 볼 생각이었어요. 하지만 태산 씨가 온 걸 보고 취소했어요."

"이런, 저분한테 미안한 짓을 했군요."

"여자들 세계에서는 남자친구가 우선순위거든요. 그러니까 저 친구도 이해해 줄 거예요."

"다행이네요. 우리 갈까요?"

"어딜요?"

"데이트하러 가야죠. 오랜만에 만났으니까 맛있는 거 살게요. 그리고 다영 씨를 위해서 준비한 게 있어요."

"저를 위해서… 혹시 반지나 목걸이 같은 건 아니죠?"

민다영이 얼굴에 웃음을 피워냈다.

처음에는 어색하던 마음이 강태산과 몇 마디 말을 주고받자 봄눈 녹듯 사라져 갔다.

이 사람의 매력.

여자를 끌어당기는 향기 중 하나가 바로 이런 것이다.

그는 만날 때마다 여자인 그녀가 존중받고 있다는 것을 몸으로 느낄 수 있도록 편안하게 만들었다.

"어떡하죠. 그런 건 아닌데……."

"그럼 뭐예요?"

"사실은 다영 씨 모시고 콘서트 갈 생각이에요. 그동안 우리 네 번이나 만났는데 매번 기억에 남는 데이트를 못 한 것 같아서요."

"정말요? 저 콘서트 정말 좋아해요. 그런데 누구 콘서트예요?"

"최진행과 서연숙의 조인트 콘서트입니다."

"아, 최진행, 서연숙. 정말 그 티켓을 구하신 거 맞아요?"

강태산의 대답에 민다영이 몸을 부르르 떨었다.

최진행과 서연숙은 현재 대한민국에서 가장 인기 있는 남녀 가수이다.

모 방송국의 경연 대회에서 각각 우승을 차지할 정도이고, 뛰어난 감성으로 그들이 노래를 부를 때면 관중들은 숨소리조차 내지 못할 정도로 대단한 실력을 가져 둘 중 하나만 콘서트를 열어도 자리가 없었다.

그들이 조인트 콘서트를 연다는 소식이 들리자마자 15분 만에 표가 매진되었다는 뉴스가 신문과 방송에 화제가 될 만큼 최진행과 서연숙은 폭발적인 인기를 누리고 있었다.

민다영이 믿지 못하겠다는 얼굴로 바라보자 강태산의 얼굴에서 싱그러운 웃음이 피어올랐다.

"그동안 다영 씨에게 해준 것이 없어서 제가 알고 있는 가장 높은 사람한테 특별히 부탁했어요. 그래서 다행스럽게 오늘 표를 구할 수 있었어요."

"엄청 비싸다고 하던데……."

"일단 가요. 콘서트 보려면 조금 서둘러야 할 것 같아요."

강태산이 그녀의 손을 이끌어 차로 안내했다.

그러고는 조수석에 앉은 그녀에게 안전벨트를 매준 후 콘서트가 벌어지는 올림픽 체육관으로 서둘러 출발했다.

콘서트가 오후 7시에 시작하기 때문에 서두르지 않으면 식사하기도 어려울 수 있기 때문이다.

두 사람은 올림픽공원 앞에 있는 스파게티 전문점으로 들어가 마주 앉았다.

아직 한 시간이나 남아 있기 때문에 이젠 서두를 필요가 없었다.

음식을 시킨 강태산이 민다영을 바라봤다.

그는 여전히 싱그러운 웃음을 짓고 있었다.

"다영 씨, 못 본 사이에 더 예뻐진 것 같아요."

"거짓말."

"정말이에요. 어떻게 보면 더 어려진 것도 같고. 하여간 예뻐졌어요."

"태산 씨한테 그런 말 들으니까 기분 좋은데요. 혹시 그것도 여동생들이 가르쳐 준 건 아니죠?"

"절대 아닙니다."

"호호, 그렇다면 다행이구요."

"학교생활 재미있어요?"

"아이들 가르치다 보면 제가 순수해지는 걸 느껴요. 저는 아무래도 선생님이 체질인가 봐요."

"만족스러운 직업을 갖는 건 무척 어렵다고 하던데 그런 면에서 보면 다영 씨는 행복한 사람이네요."

"태산 씨는 그렇지 않은가요?"

"저도 좋아요. 여기저기 여행 다니는 걸 어려서부터 좋아했어요. 그래서 여행사가 저한테는 좋은 직장이에요."

"다행이네요."

강태산의 대답에 민다영의 얼굴이 슬쩍 어두워졌다.

이 남자,

한창 사랑을 시작하는 지금도 만나기 어려울 정도로 바쁘다.

여행사를 다닌다고 했을 때 깊이 생각하지 못했는데 여행사는 여자에게 지루하고도 힘든 기다림을 선사하는 곳인 모양이다.

그동안 수없이 고민하던 것이 갑작스럽게 화제가 되자 들떠 있던 기분이 순식간에 가라앉았다.

강태산이란 남자에게 매력을 느끼고 있지만 여행사에 다닌다는 것이 지금처럼 끝없는 기다림을 강요하는 것이라면 그의 직업은 여자에겐 최악이기 때문이다.

그럼에도 그녀는 강태산을 향해 내색하지 않았다.

오랜만의 데이트를 직업 때문에 망치고 싶지 않았기 때문이다.

"콘서트에 사람이 엄청 많을 거예요. 서두르지 않으면 줄이 이만큼 설걸요?"

민다영이 양팔을 최대한 벌리고 함박웃음을 지었다.

그녀는 자신의 고민을 숨기기라도 하려는 듯 더욱 밝은 모습을 보였다.

그 모습에 강태산이 빙그레 웃었다.

눈치 하나로 죽고 죽이는 무림과 수많은 전쟁터를 돌아다녔으니 그녀의 눈빛 하나만으로도 무슨 생각을 하는지 알 수 있었다.

정말 만날수록 괜찮은 여자가 분명했다.

자신의 고민을 숨기고 남자를 배려한다는 것은 결코 쉬운 일이 아니었지만 민다영은 서두르지 않았다.

물론 어느 순간이 되면 그녀 역시 정곡을 찔러올 것이다.

여자는 마음으로 남자를 받아들였을 때 남자의 모든 것을 알고 싶어 하고 자신의 행복을 위해 남자를 컨트롤하려 한다는 걸 너무나 잘 알고 있다.

강태산이 민다영을 데리고 간 곳은 일반 표를 산 사람들이 줄을 선 곳이 아니었다.

그는 사이드로 돌아 검은 정장을 입은 사람들에게 다가갔는데 강태산이 다가가서 표를 내밀자 막아놓은 문을 열어주었다.

민다영은 줄지어 기다리는 사람들을 바라보며 의아함을 숨기지 못했다.

"저기… 태산 씨, 여기는 왜 줄이 없어요?"

"여긴 특별한 사람들만 들어가는 곳이니까요. 오늘 민다영이란 특별한 분을 위해 열어놓은 곳이에요."

"장난하지 말고요."

"정말입니다."

강태산이 또다시 보기 좋은 웃음을 짓자 민다영의 입술 끝이 살짝 올라갔다.

이유는 모르지만 그들이 통과한 곳은 특별한 사람만 들어가는 곳이 맞는 것 같았다.

그들이 들어가고 한참 후에 몇몇이 들어왔는데 나이가 지긋한 부부들이다.

강태산은 대답하기 어려운 부분에 대해서는 이상하리만치 외면하는 버릇이 있다는 걸 알았다.

처음에는 몇 번 그런 버릇을 깨뜨리려 시도도 했지만 그럴 때마다 강태산의 표정이 변하는 걸 확인하고는 더 이상 그런 짓을 하지 않았다.

이번에도 마찬가지였다.

그녀의 질문에 강태산은 헛기침을 한 후 걸음을 옮겼기에 민다영은 그저 그를 따라 콘서트홀로 들어갈 수밖에 없었다.

강태산은 홀 안으로 거침없이 걸어 들어갔다.

뒤를 따르던 민다영의 표정이 그를 따라 들어갈수록 점점 놀라움으로 가득 찼다.

강태산은 홀의 중앙을 향해 계속 걸어가더니 무대 바로 앞에 준비된 VVIP석으로 그녀를 안내했다.

그것도 가수들을 한눈에 볼 수 있는 중앙 좌석이다.

너무 놀란 민다영이 입을 열려고 할 때 강태산의 입이 먼저 열렸다.

"다영 씨, 여기서 잠깐 기다려요. 마실 음료수 좀 사 올게요."

"네……."

순간 가슴에 서늘한 바람이 불어왔다.

잠시 자리를 비우겠다는 것뿐인데 강태산이 자신을 두고 바람처럼 사라질 것만 같았다.

고통스럽다, 이런 순간이.

강태산이 그녀를 두고 떠난 시간들, 기다림은 그녀를 고통스럽게 만들기에 충분했다.

그럼에도 이렇게 만날 때면 정신없이 가슴이 설레고 조금의 헤어짐도 아쉬워 가슴속에서 서늘한 바람이 불어온다.

국내 최고의 가수들답게 최진행과 서연숙의 노래는 감동의 연속이었다.

가수들의 호흡이 들릴 정도로 가까운 자리에서 실제로 듣는 그들의 노래는 한 음 한 음이 천사들의 노래처럼 그녀를 황홀하게 만들기에 충분했다.

텔레비전이나 라디오, 그리고 음원을 통해 듣는 것과는 천양지차였다.

그녀의 눈에서 맑은 이슬이 떨어지기 시작한 것은 서연숙이 부른 '이별의 슬픔'이란 노래가 절정을 향해 치달을 때였다.

사랑하는 남자를 끝내 보내줘야 하는 여자의 마음을 담은 노래였다.

여자는 남자를 사랑했음에도 많은 이유와 아픔 때문에 고민과 고통 속에서 이별을 선택했다는 가사였다.

그녀의 눈물이 방울방울 떨어지는 걸 강태산은 말없이 한참 동안 바라보았다.

그녀는 차마 눈물을 훔치지 못한 채 노래를 들으며 슬퍼하고 있었다.

꺼낸 손수건을 건네주지 못했다.

그녀의 감정.

은정이의 받아들일 수 없는 사랑 때문에 만난 사람이다.

자신을 만나는 여자는 불행해질 수밖에 없다는 걸 너무나 잘 알기에 마음을 주지 않으려 했다.

아마도 고통스러웠을 것이다.

그녀의 눈물은 그동안 그녀가 겪어야 했던 상황을 고스란히 보여주었다.

꺼낸 손수건을 만지작거리며 강태산은 그녀의 울음을 지켜만 보았다.

여기서 이 손수건을 건네주는 순간 그녀는 더욱 커다란 고통 속에 빠져들지도 모른다.

정체를 숨긴 채 살아가는 남자.

자신의 진면목까지 완벽하게 속였으니 그녀는 과연 누구를 사랑하고 있는 것일까.

참으로 맑은 눈물이다.

마치 수정처럼 맑고 고운 눈물.

사랑이란 감정은 사치스럽다고 생각하며 살아왔다.

여자는 섹스의 도구에 불과하고 남자를 귀찮게 하는 족속이라 생각해 왔다.

그랬기에 여자들이 접근하면 오직 몇 번 섹스만 한 후 가차없이 연락을 끊어버렸다.

하지만 이 여자는 다르다.

먼저 접근한 것도 아니고 섹스를 나눈 사이도 아니다.

그런데도 이 여자의 눈물을 바라보고 있으니 가슴 한편이 아련하게 저려왔다.

뭘까, 이상하고 겪고 싶지 않은 이 감정의 정체는.

서연숙의 노래가 마지막을 향해 갈수록 민다영의 눈물은

거침없이 얼굴을 적시고 있었다.

강태산의 손이 힘들게 그녀를 향해 움직였다.

그가 들고 있는 손수건의 무게는 그만큼 무거워 그녀에게 전해주기가 힘들었다.

"다영 씨, 이걸로 닦아요. 예쁜 다영 씨 얼굴을 눈물이 망쳤네요."

"고마워요, 태산 씨."

*　　　*　　　*

콘서트가 끝나자 둘은 홀을 빠져나와 주차장으로 향했다.

그녀는 언제 울었냐는 듯 밝은 모습이다.

"정말 대단한 공연이었어요. 가까이에서 들으니 너무나 생생해서 감동이 더 큰 것 같아요."

"좋아해 줘서 고마워요."

"오히려 제가 고맙죠. 이런 기회는 정말 드문데……."

"너무 늦었어요. 늦게 들어가면 혼나지 않아요?"

벌써 10시가 가까워 오고 있었다.

콘서트는 예정보다 10여 분 늦게 시작되었고, 초대 손님들까지 여러 명 나왔기 때문에 당초 끝나는 시간보다 30분을 더 끌었다.

강태산의 우려 섞인 질문에 민다영이 풀썩 웃었다.

"태산 씨는 제가 어린애로 보이나 봐요. 전 성인이라구요."

"그래도 여자가 늦게 다니면 부모님이 걱정하세요."

"큰일이네요."

"뭐가요?"

"태산 씨가 그렇게 보수적인 생각을 가졌으니 전 태산 씨랑 여행 가는 건 꿈도 꾸지 못하겠어요."

"아……."

그녀가 빤히 쳐다봤다.

무슨 의미인지 알 수 있었기에 그저 말없이 그녀를 바라볼 수밖에 없었다.

장난일까?

그래, 장난이다.

그녀의 눈에 담겨 있는 웃음이 장난이란 걸 말해주고 있었다.

그럼에도 가슴이 서늘했다.

지금까지 수많은 여자와 섹스를 했고, 섹스 정도는 스포츠의 일환이라고까지 여겼다.

그러나 막상 민다영과 그런 관계가 된다는 걸 생각하자 가슴이 서늘하게 내려앉았다.

"우리 이제 가요."

"네. 집까지 바래다줄게요."

"신촌이잖아요. 우리 집까지 가려면 한참을 돌아야 해요. 전 그냥 택시 타고 갈 테니 그냥 가세요."

그녀가 빤히 쳐다보며 말하자 강태산의 시선이 흔들렸다.

민다영은 정말 종잡을 수 없는 여자다. 이 늦은 시간에 혼자 가겠다는 건 무슨 뜻일까.

그랬기에 강태산은 새삼스럽게 물었다.

"정말인가요?"

"…아뇨."

이런, 젠장.

당연한 것을 물어보다니 아무래도 내가 미쳤나 보다.

그동안 만난 여자와의 관계가 너무 단순했고 오직 육체로만 대화했기 때문인지 그녀의 작은 농담도 재치 있게 받아들이지 못했다.

그녀가 재미있다는 표정으로 바라보자 강태산은 한숨을 푸욱 내쉬었다.

차에 올라탄 후 그녀의 집으로 향했다.

그녀의 집은 올림픽공원에서 15분밖에 걸리지 않았다. 러시아워가 지난 서울 거리는 평상시보다 훨씬 한산했기 때문에 생각보다 일찍 도착할 수 있었다.

아파트에 도착해서 그녀를 내려주기 위해 차 문을 열고 나왔다.

그러자 그녀가 가까운 곳에 있는 벤치를 가리켰다.

민다영이 가리킨 곳에는 정원처럼 꾸며진 숲속에 아름답게 치장된 벤치가 고즈넉하게 놓여 있었다.

"저기서 잠깐 이야기하다가 가요."

"그러죠."

벤치에 앉자 늦가을의 선선한 바람이 두 사람을 향해 다가왔다.

민다영은 두껍지 않은 투피스를 입었기 때문에 추워 보였다. 그랬기에 강태산은 상의를 벗어 그녀의 어깨에 둘러주었다.

그녀는 강태산의 상의를 거부하지 않았다.

"오늘 정말 즐거웠어요."

"다행입니다. 나름 머리를 썼는데 다영 씨가 즐거워하는 모습을 보니 마음이 뿌듯하네요."

"호호, 저기 하늘을 좀 봐요. 가을이라 그런지 하늘이 참 맑아요. 오늘따라 별도 많고 달도 참 예쁘네요."

그녀는 소녀처럼 하늘을 바라보았다.

하늘에는 그녀의 말처럼 셀 수 없이 많은 별이 떠 있었다.

지금까지 살아오면서 사람의 행동에 대해 한 번도 그냥 지나친 적이 없었다.

목숨을 걸고 싸워야 하는 삶 속에서 타인의 행동은 곧 죽음과 직결되었기 때문이다.

지랄 같은 습관.

민다영에게만큼은 그러고 싶지 않았으나 오래된 습관은 그녀의 행동을 끊임없이 관찰했다.

집에 도착해서 벤치에 앉아 이야기를 하자는 건 뭔가 할 말이 있다는 것이 분명했다.

한데 하늘을 보며 웃음 짓는 그녀는 쉽게 입을 열지 못했다. 할 말이 결코 쉬운 게 아니기 때문일 것이다.

그리고 그 내용이 뭔지도 대충 짐작이 갔다.

강태산의 입이 먼저 열린 것은 그녀가 망설이며 하늘만 바라보고 있을 때였다.

"다영 씨, 제가 연락하길 기다렸나요?"

"…네."

"무심하다고 생각했겠군요."

"맞아요. 잘 알고 계시네요. 남자가 이렇게 연락이 없는 이유는 하나밖에 없다고 하더군요. 여자가 별로 마음에 들지 않을 때 남자는 연락하는 걸 귀찮아한다고 들었어요. 수없이 많은 생각을 했어요. 정말 태산 씨가 그런 생각으로 저한테 연락하지 않은 건가 하고요."

"다영 씨가 마음에 들지 않았다면 이렇게 찾아오지 않았을 겁니다."

"그렇다면 저를 좋아하고 계시다는 건가요?"

그렇게 착하게만 보이던 그녀의 눈이 마치 타 들어가는 것처럼 강태산에게로 향했다.

그녀는 질문을 해놓고 두 손을 꼭 쥐고 있었는데 긴장감에 사로잡혀 있는 것 같았다.

말해야 한다. 무슨 말이든 해야 한다.

여기서 또다시 고개를 돌린다면 이제는 정말 그녀를 볼 수 없을 것만 같았다.

"다영 씨는 저한테 과분할 정도로 매력적인 여잡니다."

"정확한 답변을 듣고 싶어요."

"더 이상은 함부로 말할 수가 없습니다. 저는 다영 씨가 생각하는 보통의 남자가 아닙니다. 제 이야기에 대한 비밀을 지켜준다고 약속하면 말해 드리겠습니다."

"지킬게요."

"저는 여행사에 다니지 않습니다. 제 직업은 국가를 위해 싸우는 사람입니다. 다영 씨에게 연락을 하지 못한 이유는 그 때문이었습니다."

"그게 무슨… 저는 알아들을 수 없어요."

"비밀 요원이란 뜻입니다."

"국정원에 다니시는 건가요?"

"그건 아니지만 비슷한 곳이지요."

"혹시… 이번에도 농담하는 거예요?"

"하하하, 미안합니다. 다영 씨가 너무 심각해서 나도 모르게 그만 농담이 나왔네요."

"태산 씨!"

"이런, 화나셨습니까?"

"정말 이럴 거예요?"

"다영 씨, 그동안 너무 바빠서 연락을 못 했을 뿐입니다. 이제부터는 자주 연락할 테니 걱정하지 마세요. 확실히 말하죠. 저는 다영 씨를 좋아하고 있습니다."

강태산이 체육관 문을 열고 들어서자 짜장면을 먹고 있던 김 관장과 김만덕이 면을 입에 넣은 채 바라보았다.

그러나 그들은 놀란 표정을 짓지 않았다.

이미 최유진을 통해 시합이 잡혔다는 걸 들은 다음 날 강태산에게서 전화가 왔기 때문이다.

"오랜만이군요, 손님. 짜장면 좀 드시겠습니까?"

"주면 먹지요."

김 관장이 노려보며 젓가락을 치켜들자 강태산이 노련하게 대답하면서 자리로 다가갔다.

그런 후 김만덕이 먹고 있던 짜장면을 앞으로 가져가 먹기 시작했다.

짜장면을 뺏긴 김만덕의 얼굴이 순식간에 불만으로 가득 찼다.

"이보시오, 손님. 벼룩의 간을 빼먹으시구려. 이왕이면 덩치가 작은 우리 아버지 것을 먹는 게 어떻겠소?"

"다른 때 같으면 그랬을 텐데 관장님 심기가 불편하신 모양이다. 만덕아, 관장님 왜 화나셨냐?"

"유진이 누나가 와서 가르쳐 줬다. 시합 잡혔다고. 우리 아버지께서는 당연히 열 받으셨지. 매니저가 남을 통해 선수 시합 잡힌 걸 알았으니까."

김만덕이 태연스럽게 짜장면 그릇을 자기 앞으로 가져가며 말하자 강태산의 표정이 우스꽝스럽게 변했다.

"전화했잖아요!"

"인마, 네가 전화했을 때 난 이미 죽었어. 도대체 넌 매니저를 뭐로 아는 거야?"

"하느님으로 알고 있습니다."

"그런 놈이 시합 잡힌 걸 남한테 듣게 만들어?"

"일하다 보니 깜박했어요. 그래도 일 끝나자마자 총알같이 전화했는데 기자들이 벌써 냄새를 맡은 모양이네요."

"난 아무리 생각해도 너한테 도움이 안 되는 사람이다. 사실 뭐, 해준 것도 별로 없고. 이제 체육관에 오지 마라. 우리 여기서 끝내자."

"그럼 돈 주세요."

"무슨 돈?"

"꿔 간 돈."

"그건 나중에 꼭 갚을 테니까 걱정하지 마."

"산체스하고 요시다와 싸워서 받은 돈 중에서 매니저 몫으로 30%나 가져갔잖아요. 그거라도 주세요. 남은 건 나중에 받을 테니까."

"…그건 빚 갚는 데 썼다."

"그럼 못 나갑니다."

"인마, 핑계를 대려면 좀 멋진 걸로 대라. 사람 약점 잡아서 아프게 하지 말고."

"안 나가려는 이유로 그것보다 더 좋은 게 어디 있어요. 안 그러냐, 만덕아?"

"그건 그렇지."

"저, 저, 저놈은 도대체 누구 편이야?!"

"전 중립인데요."

"아이고, 저것도 아들이라고. 내가 속 터지지 않는 게 용하다."

"관장님, 열불 날 때는 매콤한 게 최곱니다. 우리 이따가 매운 갈비에 소주 한잔 어떻습니까? 소주 한잔하면서 휴 잭맨

때려잡을 전략을 세우자고요."

"정말?"

"그럼요."

"네가 돈 낼 거냐?"

"제가 왜 냅니까, 물주 있는데. 만덕아, 최 기자 언제 온대?"

"점심 먹으러 갔으니까 조금 이따 올 거야."

"잘됐다. 최 기자 오면 인터뷰 좀 해주고 밥 사라고 그러자."

"형, 형 말이야, 갈수록 우리 아버지랑 비슷해지는 거 알아?"

"뭐가?"

"공짜 좋아하는 거."

"인마, 최 기자가 밥 사는 거 공짜 아니야. 그건 인터뷰 비용이라고!"

"정말 궁금해서 그러는데, 왜 최 기자하고만 인터뷰하는 거야? 거 말도 안 되는 이유 같은 거 달지 말고 솔직히 말해. 최 기자가 예뻐서 그러는 거지?"

"응."

"뭐가 그렇게 즉각 대답이 나와? 정말 늑대의 심정으로 최 기자와 인터뷰하는 거란 말이야?"

"그렇다니까."

"헐!"

김만덕이 강태산의 답변에 두 눈을 부릅떴다.

정말 강태산이 그런 마음을 가지고 있다면 문제가 심각했기 때문이다.

그랬기에 김만덕은 먹다 남은 짜장면 그릇을 내려놓고 신경질을 냈다.

"격투기 선수가 제사에는 관심 없고 잿밥에만 침을 흘린단 말이지. 이런 싸가지. 안되겠다, 이젠 최 기자 출입 금지시켜야겠어."

"넌 즐겁지 않냐?"

"뭐가 즐거워?"

"예쁜 여자와 밥 먹는 거 즐겁지 않느냐고."

"그거야……."

"거봐, 인마. 쓸데없는 소리 말고 장소나 잡아놔. 오랜만에 우리 배 터지게 먹어보자."

최유진이 만덕체육관에 들어온 것은 오후 2시 무렵이었다.

하지만 체육관을 찾은 것은 그녀만이 아니었다.

그녀가 오기 전 이미 세 명의 스포츠 기자가 체육관으로 들어와 자리를 잡았고, 카메라맨을 동반한 김숙영이 그녀와 거의 동시에 들어섰다.

강태산은 오랜만에 몸을 풀면서 구슬땀을 흘렸다.

격투기를 시작한 것은 강자들과의 격렬한 전투를 통해 문득문득 가슴속으로 파고들어 자신을 괴롭히는 나른함과 허무함을 없애기 위함이었다.

이런 시간이 좋았다.

육체를 한계까지 몰아붙이는 일은 그런 잡념을 송두리째 뽑아버리는 효과를 발휘했다.

김 관장과 김만덕을 상대로 스파링을 하던 강태산은 한 시간이 지나자 링에서 내려와 섀도복싱을 시작했다.

방송국의 카메라가 쉴 새 없이 돌아가는 와중에 그는 상체를 벗은 몸을 빛내며 강력한 주먹을 날렸다.

줄을 그어놓은 것처럼 발달한 식스팩, 완벽하게 빠진 체형, 거기다 탤런트 찜 쪄 먹을 만큼 잘생긴 얼굴이 하나로 조합되면서 강태산의 훈련 장면은 한 편의 영화처럼 보일 지경이다.

김숙영이 불쑥 입을 연 것은 최유진이 강태산의 훈련 장면을 꼼꼼하게 체크하며 노트에 적을 때였다.

"유진아, 저 남자 정말 매력적이지 않니?"

"매력적이지."

"이젠 말해줘. 도대체 저 남자, 어떻게 꼬신 거야?"

"꼬시긴 누가 꼬셔?"

"꼬신 거 아니면 왜 너하고만 인터뷰를 해. 나 너하고 싸우려는 거 아냐. 그냥 알고 싶어서 그래. 그러니까 말해주라."

"난 그저 밥만 사줬다."

"무슨 소리야?"

"밥 사달라고 하더라. 밥 사주면 인터뷰하겠다고 해서 밥 사줬어."

"둘이?"

"아니. 저기 세 사람 다."

"믿기지 않는 이야기를 하고 있네. 혹시 저 사람, 너한테 관심 있는 거 아니니?"

"그랬으면 좋겠다. 처음에 쓸데없는 소릴 해서 화를 냈더니 그 이후로 쳐다보지도 않아."

"무슨 소릴 했는데?"

"한번 달라더라. 같이 자주면 인터뷰해 주겠다면서."

"흐훙, 천하의 최유진이 방방 떴겠구만."

"그랬지. 심지어 두들겨 패기까지 했다. 그때 이후로 웬일인지 밥 사주면 인터뷰를 해주더라."

"그래서 나한테 한번 자라고 했구나? 넌 그렇게 하지 않으니까."

"응."

"재밌는 일이네. 그런데 저 사람, 네 말대로 섹스를 좋아하는 것 같지는 않아."

"왜?"

"내가 한번 주겠다고 했거든. 우리 국장이 인터뷰 못 따 오면 죽인다고 해서 일본에 있을 때 제의한 적 있어. 솔직히 군침이 돌 정도로 맛있어 보이기도 했고."

"미친년."

"넌 나한테 그런 소리 할 자격 없어. 네가 그렇게라도 해보라고 했잖아."

"애인이 있는 여자가 어떻게 그런 짓을 해. 정말 넌 구제 불능이다."

"내가 유부녀냐. 애인이 있으면 섹스하지 말라는 법이 어디 있어. 난 지금도 쟤가 자자고 하면 오케이할 생각이야."

"장하다, 정말."

* * *

강태산은 훈련을 마치자마자 샤워를 끝내고 뒷문으로 빠져나갔다.

기자들의 숫자가 점점 많아져 열 명이나 되었기 때문에 그대로 체육관으로 나갔다가는 한참 동안 곤욕을 치를 게 분명했다.

언론은 조석으로 변한다.

지금 체육관에 있는 대부분의 기자들은 저번 요시다와의

대전 때 강태산을 무참하게 씹던 놈들이다.

그런 놈들이 지금에 와서는 영웅이니 어쩌니 하면서 살려 달라고 애원하고 있다.

그들의 바람을 들어줄 생각이 없었다.

남자는 하나를 받으면 두 개 이상은 돌려줘야 하는 법이니까.

그럼에도 훈련 모습을 찍게 해준 것은 그의 모습을 보고 싶어 하는 팬들에 대한 최소한의 배려이다.

체육관을 빠져나와 전화를 걸자 김만덕의 걸걸한 목소리가 모기 소리만큼 작아진 채 들려왔다.

분명 그는 기자들을 피해 한쪽에서 쪼그리고 앉아 전화를 받고 있을 것이다.

"네가 무슨 스파이냐? 목소리는 왜 깔아?"

—기자들이 난리니까 그렇지. 맨날 이런 것만 시키고. 내가 환장하겠어.

"거기 최 기자 있냐?"

—응.

"네가 슬쩍 최 기자한테 말해. 6시까지 수서에 있는 매운갈비집으로 오란다고 말이야."

—약속 있다고 하면 어떡해?

"그럼 할 수 없지, 뭐. 아깝지만 내 주머니 터는 수밖에. 매니저들이 가난뱅이라서 얻어먹을 방법이 없다, 방법이.”

—그러지 마라, 우린 뭐 그러고 싶어서 그러냐. 체육관 옮기느라고 있는 돈 없는 돈 다 긁어 써서 그런 거잖아.

“알았고, 시간 지켜서 와. 기다리게 하지 말고.”

—응. 이따 봐.

강태산은 전화를 끊으며 즉시 걸음을 옮겼다.

한 통의 문자메시지.

무슨 일 때문인지 최 국장이 메시지를 통해 본부로 들어오라고 연락을 해온 것이다.

수서에서 양재까지는 러시아워 시간만 아니라면 10분 정도밖에 걸리지 않는다.

본부로 들어설 때마다 10년이 훌쩍 지났어도 항상 낯선 기분이 든다.

공장으로 위장한 건물은 전체가 CRSF의 요원들로 통제되었고, 요소요소마다 CCTV와 원격 레이저 차단 시설이 설치되어 비밀 카드와 지문 인식이 되지 않으면 들어갈 수가 없다.

사무실로 들어서자 최 국장이 반가운 얼굴로 자리에서 일어났다.

“어서 와라.”

“국장님, 비상도 아닌데 왜 오라고 하셨습니까?”

“네 얼굴 보고 싶어서.”

"별말씀을 다 하십니다. 우리가 언제부터 사랑하는 사이가 되었습니까?"

"앉아. 커피 한잔해."

"맛있게 타주십시오."

강태산이 그의 말에 따라 소파에 앉았다.

그런 후 커피를 타기 위해 걸어가는 최 국장의 뒷모습을 바라보았다.

오랜 세월 최 국장은 작전 기간이 아니면 자신을 부르는 경우가 거의 없었다.

청룡 요원들의 신상은 1급 기밀이었기 때문에 CRSF에서 근무하는 사람들도 그들이 누군지 정확하게 알지 못할 정도로 철저하게 통제되었다.

커피를 가져오는 최 국장의 모습은 동네 아저씨로 보일 정도로 친근했다.

"마셔라. 여전히 최고급 다방커피다."

"국장님이 직접 타주셨으니 무척 비싼 커피죠. 궁금하네요, 저를 부른 용건이."

"숨 좀 돌리자."

"달리기했습니까. 숨은 왜 돌립니까?"

"미안해서 그러지, 인마. 너무 부려먹는 것 같아서."

"그럼 그냥 갈까요?"

"지랄한다."

"예전부터 국장님은 악덕 고용주였잖아요. 새삼스럽게 미안하다고 말하니까 소름 끼쳐서 그래요."

"어이구, 저놈의 주둥이."

"저녁에 약속 있어요. 빨리 말해주세요."

"좋다, 말하지. 조금 심각한 이야기니까 잘 들어. 네가 벌인 일이니까 잘 알겠지만 우리 의료진과 건설진이 평양으로 들어간 지 벌써 두 달이 다 되어간다. 투입된 예산이 5,000억이 훌쩍 넘었고, 아직도 일을 마무리하려면 그 두 배는 더 들어갈 것 같아."

"그래서요?"

"현재 북한의 정권을 잡고 있는 신기혁이 어제 대통령님께 전화를 해왔단다. 무리인 줄 알지만 워낙 평양의 피해가 커서 추가적인 원조를 요청한 모양이야."

"퍼주기 논란이 시작되겠군요."

"역시 귀신이구나. 맞아. 벌써부터 슬금슬금 퍼주기라는 뉴스가 흘러나오고 있어. 그런 와중에 추가적인 지원이 시작되면 아마 난리가 날 거다. 문제는 그런 뉴스가 누군가에 의해 조장되고 있다는 사실이다."

"정권의 반대 세력?"

"그게 단순하지가 않아. 태산아, 지금 우리나라에 암중으로 대한민국이 아닌 다른 나라를 위해 일하는 자들이 있다."

"무슨 이야긴지 대충 알겠군요."

"그자들은 한반도의 통일을 원하지 않는다. 그래서 남북의 분위기가 좋아질 때마다 갖가지 이유를 들어 여론을 분열시켜 왔다. 그 대표적인 것이 퍼주기 논란이다. 받는 것 없이 주는 건 말도 안 되는 짓이란 거지. 그리고 우리가 원조한 쌀이나 돈을 인민에게 쓴 것이 아니라 핵 개발과 무기 증산에 썼다고 떠들어왔어. 더군다나 그자들은 통일이 우리 국민에게 절대 이익이 안 된다는 논리를 펼쳐왔다. 뭇사는 북한과 통일이 되면 엄청난 세금을 걷어야 된다면서 우리나라 경제가 최소 30년은 후퇴하게 될 거라 위협하고 있단 말이다."

"당연히 통일에는 많은 문제가 따를 겁니다. 그들의 말대로 국민은 세금을 더 내야 할 것이고 경제도 후퇴하겠지요. 하지만 그런 것이 무서워 통일을 못 한다는 건 지나가는 개도 웃을 일입니다."

"태산아, 국민은 누군가가 충동질을 하면 쉽게 넘어가게 돼 있다. 자신들이 아무런 상관 없는 북한으로 인해 못살게 될까 봐 두려워한단 말이다."

"그래서요?"

"대통령께서는 신기혁과 평양의 재건이 어느 정도 성과를 보이게 되면 점진적 경제협력을 합의 본 상태이다. 우리나라 경제의 충격을 최소화하기 위해 북한을 어느 정도 반석 위에 올려놓고 통일을 하겠다는 복안을 가지고 계시다. 하지만 그 자들이 국민을 선동해서 반대하게 되면 시작도 하기 전에 힘을 잃게 돼."

"후우, 그자들이 누굽니까?"

"친미, 친중, 친일파들이다."

"크크크, 아직도 우리나라에는 그런 개새끼들이 많은 모양이군요."

"많다. 그것도 아주 많아."

"어떻게 해드릴까요. 전부 죽이면 되겠습니까?"

"인마, 그자들은 우리나라 정관계와 재계에서 막강한 영향력을 가지고 있는 자들이야. 무턱대고 죽인다는 게 말이 된다고 생각해?"

"영향력이든 나발이든 상관없습니다. 죽은 놈은 말이 없는 법이니까요. 명단만 주십시오. 아주 화끈하게 죽여 드리죠."

"오늘 너를 부른 건 그자들을 죽이기 위해서가 아니다."

"그럼요?"

"다시 말하지. 그자들의 영향력은 대단하고 대부분 우리나라 최고의 두뇌들로 구성되어 있다. 그들이 미국과 일본, 중국의 이익을 위해 움직이는 것은 돈으로 매수되었거나 결정적인 약점을 잡혔기 때문이야. 네가 할 일은 그 약점들을 없애주는 것이다."

"이유는요?"

"그들의 도움이 필요하기 때문이다. 그들이 반대가 아니라 협조를 해준다면 대통령께서 추구하는 통일의 염원이 훨씬 가까워질 수 있다."

"이해가 되지 않는 말씀이군요. 죽여 버리면 간단할 일을 왜 그리 어렵게 하십니까. 놈들이 정말 그런 짓을 했다면 그 자들은 매국노입니다. 응분의 처벌을 받는 것은 당연한 일 아닙니까."

"말했잖아. 놈들의 도움을 받아야 할 처지라고. 지금 대통령께서는 지지 기반이 취약한 상태에서 정권을 잡으셨다. 국민의 존경과 인기는 대단하지만 정치계에서의 지지도는 무척 약한 상태야. 그자들의 도움이 절실하단 말이다."

"더러운 상황이란 말씀이군요. 무슨 말씀인지 알겠습니다. 그자들의 명단은 준비되었습니까?"

"여기 있다."

최 국장은 기다렸다는 듯 책상 서랍에서 한 무더기의 A4 용지를 꺼내 들었다.

거기에는 20명의 신상 명세가 고스란히 들어 있었는데 전부 대단한 신분을 가진 사람들이었다.

서류를 대충 들춰 본 강태산이 쓴웃음을 지으며 자리에서 일어났다.

시간은 벌써 5시 반을 훌쩍 지나고 있었다.

"국장님이 원하는 대로 해드리겠습니다. 하지만 개선의 여지가 없는 놈들은 제 방식대로 처리할 겁니다."

"강태산!"

"다시 한 번 묻겠습니다. 국장님이 저에게 임무를 하달한 목적이 대한민국의 통일을 위해 그자들을 최적으로 움직이는 것 맞습니까?"

"그렇다."

"그럼 기다려 주세요. 북한의 정권이 완벽하게 바뀐 것처럼 확실하게 처리해 드리지요."

* * *

수서의 매운갈비집에 들어서자 저녁 이른 시간인데도 사람들로 북적이고 있었다.

역시 맛있는 집은 손님이 많은 모양이다.

홀로 들어서서 예약해 둔 방으로 가자 벌써 일행이 도착했는지 시끄러운 소리가 흘러나오고 있다.

"빨리 왔네?"

"우리가 빨리 온 게 아니고 네가 늦은 거야. 5분이나 늦었잖아!"

"저기 앞 사거리에서 사고가 있었어요."

"변명은, 앉기나 해. 너 때문에 고기도 굽지 못하고 있다."

김 관장이 투덜거리며 불판에 고기를 올려놓기 시작하는 것에 맞춰 강태산이 맞은편 자리에 앉아 있는 최유진을 향해 인사를 건넸다.

"최 기자님, 그동안 잘 지냈습니까?"

"반가워요. 강 선수도 잘 지내셨죠?"

"그럼요."

강태산이 대답하면서 주변을 둘러보는 시늉을 했다.

그녀의 파트너인 카메라맨이 보이지 않았기 때문이다.

"김 기사님은 오늘 집에 일이 있다고 해서 쉬라고 했어요. 아까 체육관에서 촬영은 다 했으니까 제가 궁금한 것만 물어볼게요."

"그럽시다. 그런데 일단 인터뷰는 먹고 하는 걸로 하죠."

"네."

최유진의 입가에 가느다란 미소가 흐른다.

시간이 갈수록 강태산이 처음과 달리 그녀를 편안하게 만들어주었기 때문이다.

소주잔이 돌고 일행은 고기가 구워지기도 전에 술잔을 들어 올렸다.

술잔을 든 상태에서 입은 연 것은 김 관장이었다.
"이게 시합 전 마지막 술이다. 앞으로 나한테 술 마시자고 꼬시는 놈은 죽여 버릴 테다."
"당연한 말씀을. 우리 태산이 형이 휴 잭맨을 때려눕히는 그날까지 무조건 금주야. 대신 오늘은 코가 삐뚤어지게 마십시다. 강태산의 승리를 위하여!"
"위하여!"
일행이 모두 한꺼번에 건배를 한 후 잔을 비웠다.
마침 달구어진 불판에서 고기가 지글거리며 익기 시작했다.
스르륵 문이 열리며 김숙영이 들어선 것은 일행이 다시 소주잔에 술을 채우고 있을 때였다.
"안녕하세요. 저도 합석하면 안 돼요?"
그녀는 요염하게 웃으며 마치 자기 자리처럼 강태산의 옆쪽으로 다가왔다.
너무 어이가 없어 일행이 모두 말을 잃었을 때 김숙영의 입이 다시 열렸다.
"저도 강태산 선수와 술 한잔하고 싶었어요. 그러니까 저도 끼워줘요."
"이왕 왔으니까 할 수 없죠. 술 잘합니까?"
"누구만큼은 마셔요."

술잔을 내밀며 묻는 강태산의 질문에 김숙영의 눈이 최유진에게 향했다.

그런 그녀를 향해 최유진이 냉랭한 눈초리를 보냈다.

단박에 그녀가 자신을 따라왔다는 것을 눈치챘기 때문이다.

다시 한 번 술잔이 들리고, 일행은 매운갈비를 안주 삼아 술을 마시기 시작했다.

술은 참으로 묘한 마법을 가지고 있었다.

위장으로 술이 들어가면 친하지 않던 사람도 가깝게 느껴지게 하는 마법을 부린다.

술이 얼근하기 전까지 두 여자는 번갈아가며 그동안 강태산이 벌인 시합에 대해서 물었고, 앞으로 벌어진 휴 잭맨과의 일전에 대한 각오와 전략에 대해 질문했다.

취중 인터뷰다.

하지만 술이 얼근해지자 다른 질문들이 튀어나오기 시작했다.

학교는 어디서 나왔느냐, 고향은 어디이고 가족 관계는 어떻게 되느냐는 등 별별 질문이 다 쏟아졌다.

강태산은 그녀들의 질문에 거짓말로 대답을 해줬다.

그의 현재 신분 자체가 허상이니 사실대로 말해봤자 어차피 거짓말밖에 될 수 없었다.

"호오라, 고향이 충청도였군요. 나도 청주가 고향인데. 충주면 청주하고 한 시간 거리밖에 안 돼요."

"그렇긴 하죠."

"우린 오다가다 만났을 수도 있겠어요. 나이도 비슷하니까요."

"김 기자님은 너무 예뻐서 만났다면 금방 알아봤을 겁니다. 그러니까 우리는 만난 적이 없는 것 같군요."

"치잇!"

술잔을 들어 한입에 털어 넣으며 김숙영이 코맹맹이 소리를 뱉어냈다.

그러고는 즉시 다른 질문을 꺼냈다.

"태산 씨는 애인 있어요?"

"없습니다."

"그 나이에 애인이 없다고요? 그렇게 잘생겼는데 왜 애인이 없어요?"

"여자들이 나 같은 스타일을 싫어하는 모양이죠."

"말도 안 돼. 그럴 리가요!"

"김 기자님이 예쁜 사람으로 소개시켜 주시죠."

"정말요?"

김숙영이 눈을 동그랗게 뜨면서 반문했다.

아무리 술이 들어가서 이성을 국에 말아 먹었다 해도 강태산의 대답이 의외였기 때문이다.

그녀는 술이 셌다.

지금의 그녀는 일부러 혀를 굴리며 술에 취한 척 별별 질문을 다 던지고 있었지만 아직 술에 취하려면 세 병 정도는 더 들어가야 기별이 있을 정도이다.

그녀의 눈이 반짝이기 시작한 것은 강태산의 대답을 들은 후부터였다.

*　　　*　　　*

두 시간이 훌쩍 지나자 김 관장은 이전과 똑같이 탁자에 머리를 박은 채 잠이 들었기 때문에 김만덕은 투덜거리며 아버지를 들쳐 메고 자리에서 일어났다.

"나 먼저 간다. 형, 매력적인 두 기자님 잘 배웅해 드려. 알았지?"

"인마, 같이 일어나. 어차피 일어날 시간 됐으니까 같이 나가자."

먼저 일어서는 김만덕을 따라 강태산이 일어서자 최유진과 김숙영도 핸드백을 챙겼다.

강태산은 김만덕의 뒤를 따르다가 지나가는 택시를 급하게 잡았다.

택시를 탄 김만덕이 사라지는 걸 확인한 강태산이 두 여자를 향해 고개를 돌렸다.

"최 기자님, 오늘 잘 먹었습니다."

"별말씀을요."

"매번 우리가 너무 싼 걸 먹죠? 나중에 내가 챔피언 되면 그때는 비싼 걸로 먹어줄게요."

"호호, 걱정하지 마세요. 어차피 회삿돈이니까 정말 비싼 거 먹어도 돼요."

최유진이 밝게 웃으며 대답하자 강태산도 따라 웃었다.

최유진에게서는 더 이상 처음의 그 앙칼스럽던 모습을 찾아볼 수 없었다.

"두 분 차 가져오셨죠? 음주 운전 하지 말고 대리 불러서 가세요. 사고 나면 큰일 납니다."

"태산 씨는요?"

"난 걸어왔습니다. 저기서 전철 타고 가면 됩니다."

"그럼 저하고 같이 가요. 저도 차 안 가져왔거든요."

김숙영이 마치 기다렸다는 듯 강태산의 편에 서버리자 최유진이 황당한 표정을 지었다.

하지만 이미 너무 늦어버려 강태산의 인사를 받고 두 사람이 걸어가는 것을 지켜볼 수밖에 없었다.

뒤에서 바라본 두 사람의 모습은 마치 다정한 연인처럼 보였다.

가슴속이 갑자기 휑했다.

저 옆에 있는 것이 자신이 아니라 김숙영이라는 것이 그녀를 불편하게 만들고 있었다.

김숙영은 나란히 걷는 강태산의 옆얼굴을 바라보았다.

정말 조각같이 잘생긴 남자였다.

그녀의 키는 165㎝였지만 강태산의 옆에 서자 어깨에서 조금 더 올라갈 정도에 불과하다.

전철역까지는 족히 300m 정도 떨어져 있으니 걸어가면 5분 정도 걸린다.

"태산 씨, 아까 여자친구 소개해 달라는 말 진짜예요?"

"농담입니다."

"왜요?"

"격투기 선수가 여자친구를 사귈 수 있나요. 시합에 지장이 있을 뿐 아니라 제대로 연락조차 못 해서 여자를 힘들게 할 겁니다."

"그럼 섹스는요? 태산 씨도 섹스는 해결해야 될 것 아니에요?"

김숙영이 걸음을 멈추고 도발적으로 강태산을 바라보았다.

그 모습에 강태산의 얼굴에 희미한 웃음이 떠올랐다.

"섹스는 해야죠. 하지만 지금은 할 여자가 없군요."

"언제 해봤어요?"

"음, 꽤 됐습니다. 한 5개월 정도 되었나?"

"섹스 안 좋아해요?"

"좋아합니다."

"그런데 왜 제가 일본에서 하자고 했을 때 거절했죠?"

"난 처음 본 여자와는 섹스 안 합니다."

"그럼 오늘 하죠. 전 이제 처음이 아니니까 괜찮죠?"

"엔조이를 원합니까, 아니면 나를 이용하고 싶은 겁니까?"

"둘 다예요."

"나는 누구에게 이용당하면서 사는 사람이 아니야. 대신 엔조이라면 오늘 밤 죽여줄 수는 있어. 어때, 그래도 한다면 같이 가지."

김숙영의 도발적인 대답에 강태산의 얼굴에 떠올랐던 희미한 웃음이 훨씬 진해졌다.

그는 어느새 말투도 바꾼 채 김숙영의 눈을 강렬하게 사로잡고 있었다.

김숙영의 눈이 흔들린 것은 강태산의 시선에서 짜릿한 쾌감을 느꼈기 때문이다.

"좋아요."

모텔에 들어선 강태산은 침대에 누운 채 옷을 벗는 김숙영을 지그시 바라보았다.

처음 봤을 때부터 섹스를 좋아하는 여자란 걸 알 수 있었다.

눈에 들어 있는 붉은 기운.

저런 여자는 하루라도 섹스를 하지 못하면 제대로 잠을 이루지 못한다.

아마 그녀는 지금도 남자를 사귀고 있을 것이다.

그러면서도 이렇게 자신을 향해 강렬한 암내를 풍긴 것은 그가 풍겨낸 색향에 취해서였다.

김숙영의 몸은 훌륭했다.

아담하게 솟아오른 가슴과 미끈하게 흐르는 유연한 허리의 곡선이 눈부실 정도로 아름다웠다.

그녀는 옷을 모두 벗고 나신이 되었어도 전혀 부끄러워하지 않았다.

"벗겨 드려요?"

"아니, 내 옷은 내가 벗지."

"같이 씻을래요?"

"먼저 씻어."

"그럼……."

김숙영이 샤워하는 소리가 마치 음악처럼 들려왔다.

희미하게 보이는 나신의 움직임이 은은하게 가려진 문을 통해 고스란히 보이고 있었다.

그럼에도 강태산은 태연하게 그 음악을 감상하며 천천히 자신의 옷을 벗었다.

마음이 급한 놈들은 서둘러서 여자의 기분을 망치게 만드는 우를 범한다.

하지만 강태산은 프로 중의 프로였다.

여자를 어떻게 해야 충분히 달아오르게 만들 수 있는지 너무나 잘 알기에 그는 언제나 여자들의 의도를 따라주지 않았다.

김숙영은 샤워를 하면서 자신의 몸을 어루만졌다.

스르륵 눈을 감자 낮에 본 강태산의 황홀한 몸매가 떠올랐다.

웃통을 벗은 채 땀으로 가득 차 샌드백을 두드리는 그의 몸을 보면서 오한이 떨릴 정도의 소유욕이 솟구쳤다.

그녀의 애인은 강태산에 비하면 비교가 되지 않을 만큼 빈약한 몸매를 가진 남자였다.

보디 크림을 온몸에 바른 채 천천히 쓸어내리자 전신으로 짜릿한 쾌감이 퍼져 나갔다.

가슴을 닦으며 오뚝 솟은 유두를 어루만지자 찌릿한 경련이 일어났고, 천천히 내린 손이 계곡을 지날 때는 온몸이 부르르 떨렸다.

그가 보고 있다.

창밖에서 그가 보고 있다는 생각이 들자 그런 쾌감은 순식간에 확산되며 온몸을 마비시킬 정도로 커져갔다.

참을 수가 없다.

창문을 통해 그가 옷을 벗는 게 보이자 김숙영은 자신의 몸을 급히 닦아내고 샤워실에서 나왔다.

보고 싶었다.

그의 잘빠진 몸매와 끝없이 상상의 나래를 펼치게 만든 그의 물건을.

그의 몸을 확인한 순간 김숙영은 제자리에서 꼼짝하지 못한 채 탄성을 흘려냈다.

"아……!"

완벽했다.

남자로서 저런 몸매를 가진다는 건 축복이라 할 만큼 강태산의 몸은 훌륭하다는 말이 부족할 지경이었다.

군살이 없다.

잘게 깔려 있는 근육의 향연.

텔레비전에서 가끔가다 보던 보디빌더의 몸은 너무 우람하고 비정상적이었기에 전혀 매력적이지 않았으나 강태산의 몸은 온몸에 차돌 같은 근육이 뭉쳐 있음에도 마치 조각처럼 매끈하게 빠져 있었다.

그녀의 눈이 마치 예술품을 감상하는 것처럼 강태산의 몸을 훑다가 기어코 가장 중요한 곳으로 향했다.

또다시 터져 나오는 탄성.

강태산의 물건을 확인한 김숙영의 입이 저절로 열렸다.

크다. 그리고 강해 보였다.

저런 물건이 자신의 몸속으로 들어올 거란 생각이 들자 그녀는 정신이 아득해질 만큼 황홀감에 젖어갔다.

빙긋 웃은 강태산이 샤워실로 들어간 후 그녀는 핸드백에서 향수를 꺼내 중요한 곳에 가볍게 뿌렸다.

샤넬 No. 5.

그녀가 즐겨 쓰는 이 향수는 비쌌지만 부드럽고 깊은 향기가 남자들을 흥분 속으로 몰아넣기에 충분했다.

강태산은 금방 샤워를 마치고 나왔다.

그러고는 곧장 김숙영을 향해 다가와 그녀를 안았다.

여자의 몸은 악기와 똑같다.

부드러움으로 무장한 채 절묘하게 터치해 주지 않으면 악기는 그 충격으로 듣기 싫은 소리를 내게 된다.

강태산의 손이 마법처럼 움직였다.

그의 손이 움직일 때마다 김숙영의 입에서는 천상에서 가장 아름다운 노랫소리가 흘러나왔다.

아마 그녀는 태어나 자신의 몸에 이런 그림을 그리는 남자를 처음 만났을 것이다.

강태산의 연주는 오랫동안 계속되었다.

그녀의 몸이 더없이 달아올라 터지기 직전까지.

김숙영의 팔이 꿈속에서 헤매며 공간을 휘젓다가 끝내 참지 못하고 강태산의 몸을 끌어안았다.

온몸이 불덩이처럼 달아올라 금방이라도 폭발할 것 같았다.

간절한 기다림.

이런 뜨거움을 해소할 수 있는 것은 오직 하나뿐이란 걸 그녀는 수없이 많은 섹스를 통해 너무나 잘 알고 있었다.

그랬기에 그녀는 간절함이 가득 담긴 손길로 강태산의 몸을 원했다.

강태산의 물건이 그녀의 몸속으로 들어가자 김숙영의 입에서 신음 소리가 사정없이 터져 나왔다.

하나의 빈틈조차 없을 정도로 가득 찬 느낌.

그는 이 순간 그녀에게 신이었다.

행복과 기쁨, 안타까움과 간절함을 모두 선사하는 창조주.

강태산이 움직일 때마다 그녀의 신음 소리는 커져갔고, 결국 어느 순간이 되자 그녀가 눈물을 흘리기 시작했다.

태어나 이런 쾌감과 만족감을 느낀 적이 없었으니 당장 죽어도 여한이 없을 것 같았다.

강태산은 김숙영이 정신을 잃고 깊은 잠에 빠져들자 천천히 침대에서 일어나 옷을 입었다.

정말 오랜만에 즐거운 섹스를 했다.

비록 사랑하는 여자는 아니지만 김숙영의 반응은 그동안 상대한 그 어떤 여자보다 훌륭했다.

하지만 그뿐이다.

섹스는 한순간의 쾌락에 불과할 뿐이니 그는 언제나 어떠한 미련도 남기지 않았다.

* * *

휴 잭맨은 UFC의 제프리 조던에게서 자신의 상대로 강태산이 선정되었다는 소식을 전해 듣곤 불같이 화를 냈다.

그는 다음 시합에서 맥도웰과의 재대결을 강력히 원했고 회장으로부터 언질도 받았기 때문에 당연히 타이틀전에 나갈 것이라 생각했다.

하지만 제프리 조던은 말도 안 되는 맥도웰의 부상 소식을 들이밀며 강태산과의 시합을 종용해 왔다.

맥도웰이 부상당했다는 건 거짓말이 틀림없었다.

제프리 조던과 회장이 그런 거짓말로 대전 상대를 조율해 왔다는 건 공공연한 비밀이다.

휴 잭맨은 작년 말에 맥도웰과의 결투에서 억울한 판정패를 당했다며 당장에라도 재대결을 하게 해달라고 UFC 쪽에 제안했으나 그 바람은 쉽게 이루어지지 않았다.

흥행을 성공시키기 위해서는 충분히 뜸을 들이는 것이 UFC의 전략이다.

더군다나 라이트급에는 수많은 강자들이 득실거렸기 때문에 제프리 조던은 타이틀전 도전권을 다시 얻기 위해서는 상위 랭커들과의 시합이 선행되어야 한다는 조건을 내걸었다.

그랬기에 지난 일 년 동안 두 차례의 시합을 통해 톰 하디와 스티븐 조를 꺾었다.

톰 하디와 스티븐 조는 챔피언 맥도웰을 위협할 정도로 강력한 도전자들이었으나 그는 정교한 그라운드 기술로 그들을 때려잡았다.

그가 이번 UFC 460에서 맥도웰과의 타이틀전을 강력하게 주장한 것은 이런 이유 때문이다.

"미키, 강태산과 나를 붙이는 이유가 뭐야?"

"상품성 때문이겠지."

"상품성이라니?"

"그놈, UFC에 데뷔한 이후 세 번의 시합 전부 오늘의 파이터로 선정되었어. 그놈 시합이 있을 때마다 관중들은 광란에 빠져들었다. 내가 봤을 때 회장은 그놈을 전략적으로 키우고 싶어 하는 모양이야."

"결국은 인기 때문이라 이거군."

"솔직히 말하면 네 경기 스타일이 관중들을 열광시키지 못했기 때문에 벌어진 일이야. 네가 대단한 타격 기술을 가졌음에도 시합을 끝낸 건 그라운드에서였잖아. 관중들은 이상하게 그라운드로 내려가는 걸 싫어해서 네 경기에 시큰둥한 반응을 보이거든."

매니저인 미키가 직설적으로 대답하자 휴 잭맨의 얼굴이 일그러졌다.

그도 자신의 경기 스타일이 인기가 없다는 건 알고 있었다.

그럼에도 자신만의 경기 스타일을 고집하는 것은 승리를 하기 위함이다.

경기에 진다면 관중들이 아무리 열광해도 허상에 불과하기 때문이다.

"병신 같은 놈들. 그라운드 기술의 우수성을 전혀 모르기 때문에 그래. 아무리 타격이 좋은 놈도 주짓수에 걸리면 뼈도 못 추린다는 걸 왜 모른단 말이야!"

"휴, 제프리 조던이 그놈을 우리에게 붙인 건 어쩌면 기회를

준 건지도 모른다. 그놈의 인기가 하늘을 찌르고 있으니까 그놈을 잡으면 너의 가치가 그만큼 커지게 돼 있어. 내가 분석한 결과 강태산은 지금까지 한 번도 그라운드에 내려가지 않았다. 그라운드 기술이 자신이 없다는 뜻이야."

"뼈를 추릴 수 있다는 거군."

"맞아, 그놈은 너의 상대가 되지 않을 거다."

"좋아, 이번 기회에 확실하게 보여주겠어. 내가 얼마나 막강한 투사인지 회장과 관중들에게 알려줄 테다. 강태산 그 피라미의 팔을 꺾어버린다면 그때는 똑똑히 알게 되겠지."

제6장
출정

현재 여당인 한국당에는 세 개의 계파가 있었다.

그중 강경돈은 20여 명의 당여를 이끄는 차기 대선 주자로서 당내의 입지가 탄탄한 중진 중의 중진이었다.

그가 중국의 지원을 받기 시작한 것은 벌써 10년이 넘은 일이다.

가난한 집안에서 태어나 S대 법대를 졸업한 후 국회의원 비서관으로 정계에 발을 들여놓았고, 벌써 5선 의원이란 경력을 쌓았다.

중국이 그에게 손을 뻗어온 것은 그의 경제력이 형편없다는 게 원인이었다.

국회의원에 당선되었으나 언제나 남의 눈치를 보면서 살 수 밖에 없었다.

문제는 돈이었다.

정치는 자금이 없으면 당여가 꼬이지 않고 영향력을 발휘할 수 없기 때문에 그는 언제나 당에서 제대로 된 발언권조차 얻지 못했다.

그랬기에 그는 오랜 고민 끝에 중국의 지원을 받아들였다.

처음에는 더없이 찜찜했으나 시간이 지나면서 점점 죄책감은 희석되어 갔다.

돈이 부리는 마술은 그의 입지를 믿을 수 없을 만큼 넓혀 주었고, 당내의 권력 구도에도 막대한 영향력을 행사하게 해 주었다.

권력.

너무나 달콤해서 빠져나올 수 없는 수렁이었다.

뻔히 알면서도 그 수렁 속에서 허우적거리는 건 남자로서의 야망이 가슴속에 꿈틀거렸기 때문이다.

비록 경제적인 형편 때문에 중국의 지원을 받았지만 때가 되면 가차 없이 관계를 끊어버릴 생각이었다.

그가 정계에 입문하면서 가진 포부는 대한민국이 세계에 우뚝 서는 나라로 만드는 것이었지 중국의 하수인이 되어 조국을 황폐하게 만드는 건 절대 아니었다.

그러나 중국의 요구는 점점 집요하고 강해졌다.

조금이라도 거부 의사를 보이면 그동안 지원한 자금 내역과 그들의 명령에 따르던 과거의 전력들을 들먹이며 협박해 왔다.

내적인 갈등이 점점 커져갔지만 포기하고 싶지는 않았다.

조금만 더 견디면 된다.

현재 천안문회에 가입한 자들도 비슷한 처지에 있으나 그가 대권만 잡으면 그동안 중국의 지시에 따른 모든 것과 자금 내역을 완전히 소멸시킬 수 있기 때문이다.

그리되면 천안문 회원들은 중국과의 관계를 완벽하게 끊어버리고 새롭게 태어날 수 있을 것이다.

그의 집은 분당에 있는 서른세 평짜리 아파트였다.

차기 대권 주자의 집으로서는 작았으나 두 딸이 모두 결혼해서 출가했기 때문에 부부가 살기에는 부족함이 없었다.

중국에서 지원한 돈을 그는 개인적으로 쓰지 않고 정치 활동에 모두 소비했다.

최소한의 양심은 지키고 싶었다.

오늘은 비밀리에 천안문회를 소집해서 대북 지원에 대한 반대 논리를 개발하고 언론 동원 계획을 수립하느라 집으로 돌아왔을 때는 11시가 훌쩍 넘어 있었다.

마누라는 저녁잠이 많아서 그가 늦게 들어오면 기다리지 못하고 잠을 자는 경우가 많았다.

그가 정치에 입문하고 얼마 동안은 졸린 눈을 비벼가며 기다리던 그녀는 그가 늦게 들어오는 날이 잦아지자 거실에서 곯아떨어지는 날이 많아지더니 이제는 아예 침실로 들어가서 잤다.

늙으면 잠이 없어진다는 말은 마누라에게 전혀 해당되는 이야기가 아니었다.

현관문을 열고 집으로 들어서자 거실에는 불이 켜져 있었으나 인기척은 들리지 않았다.

마누라는 오늘도 먼저 잠자리에 든 모양이다.

옷을 갈아입고 세면을 한 후 습관처럼 서재로 들어갔다.

요즘 들어 생각할 일이 너무 많았다.

앞으로 진행할 일의 중요성을 감안한다면 치밀하고 효과적인 전략이 필요했다.

천안문회에는 20명이 가입되어 있으나 그들은 오직 자신의 지시에 따라 움직이는 허수아비일 뿐이다.

물론 그중에는 중국에서 유학 생활을 하며 중국을 조국이라 여기는 골수분자도 섞여 있었지만 그자들 역시 자신이 추진하는 일에는 감시를 할 뿐 가급적 방관으로 일관했다.

서재로 들어가 스위치를 켰으나 불이 들어오지 않았다.

이상해서 몇 번을 반복해 보아도 마찬가지였다.

그때 그가 생각에 잠길 때면 애용하는 안락의자에서 굵직한 음성이 흘러나왔다.

"불은 켜지지 않습니다. 그러니 문을 닫고 들어오시오."

"누구냐?"

"당신의 부인은 지금 곤한 잠에 빠져 있어요. 부인을 깨우고 싶소?"

"으……."

어둠 속에서 빛나는 섬뜩한 칼날.

목소리는 젊은 사내의 것이었고, 칼까지 들었으니 자칫 생명이 위험하다는 경고음이 마구 머릿속을 휘저었다.

소리를 지른다는 것은 바보 같은 짓이란 걸 오랜 인생 경험이 알려주었다.

그랬기에 그는 문을 닫고 어둠 속의 존재를 향해 입을 열었다.

"여기까지 왔으니 내가 누군지 알고 온 거겠지. 원하는 게 뭔가?"

"이야기가 좀 길 것 같군요. 나이 드신 분이 오래 서 있으면 뼈마디가 쑤시지요. 일단 앉는 것이 좋겠소."

"우리 집사람은 해치지 않았겠지?"

"나는 아무나 죽이는 사람이 아닙니다."

그림자의 지시에 자리에 앉은 강경돈의 입에서 안도의 한숨이 힘겹게 흘러나왔다.

하지만 그는 곧 자세를 바로 하고 그림자를 향해 강한 눈빛을 보냈다.

“이제 말해보게. 나를 왜 찾아왔나?”

“내가 먼저 묻지. 당신은 왜 국회의원이 되었소?”

“그야…….”

“사는 걸 보니 개인적인 욕심 때문은 아닌 것 같고, 권력 때문이오, 아니면 중국에 나라를 팔아먹기 위함이오?”

“뭐라?!”

강경돈의 입에서 고함이 흘러나왔다.

하지만 그 고함에는 힘이 실려 있지 않았다.

중국, 그림자의 입에서 중국이란 단어가 나오는 순간 그의 얼굴이 허옇게 질려갔다.

그림자의 입이 다시 열린 건 그가 고함을 지른 후 그저 몸을 부들부들 떨면서 노려보고 있을 때였다.

“간단히 말하지. 매국노를 심판하는 방법은 단 하나뿐이야. 죽음! 당신의 죽음만이 아니라 당신 부인과 두 딸, 그리고 사위까지 모조리 죽어야 그 죄를 씻을 수 있어.”

“나는… 나는…….”

“대한민국을 배신하고 중국의 개가 된 당신을 죽이는 건 나에겐 일도 아니야. 당신 가족을 모두 죽이는 것도."

그림자가 말을 끝내는 것과 동시에 칼을 휘둘렀다.

그러자 천장에 달려 있는 전등과 컴퓨터, 그리고 책상이 사분오열되며 박살이 났다.

그럼에도 소리조차 새어 나오지 않았다.

신기.

맞다. 인간으로는 도저히 할 수 없는 신기로운 칼질임이 분명했다.

더불어 그림자의 눈에서 흘러나오는 시퍼런 안광은 무시무시해서 언제라도 그를 죽일 것만 같았다.

"약점을 잡혔으니 벗어나는 게 힘들었을 테지. 중국 놈들도 그냥 내버려 두지 않았을 거고. 이제 내가 제안을 할 테니 선택하시오. 당신에게 현금을 전해준 중국의 개들은 이미 우리가 땅속에 파묻었습니다. 다시 말하면 그자들은 세상에 없다는 뜻이오. 어쩌겠소? 그들과 같이 지옥으로 걸어가고 싶다면 그렇게 해드리지. 그게 아니라면 중국과의 관계를 끊고 지금부터라도 조국과 민족을 위해서 헌신하시오."

"박무현 대통령이 보낸 것이냐?"

"나는 대한민국을 수호하는 비밀결사 요원이오. 대통령과는 아무런 상관이 없소."

"죽는 건 두려운 일이나 죽는 것으로 내 죄를 모두 없앨 수만 있다면 그렇게 할 수 있다. 믿지 않겠지만 중국의 개가 된 걸 지금까지 수없이 후회하고 부끄러워했다. 엄청난 현금을 받아 썼어. 그러나 내가 한 짓은 그것만이 아니야. 중국은 집요한 놈들이다. 현금을 전해준 자들이 죽었다고 해서 그만둘 놈들이 아니란 말이다. 더군다나 천안문회에 소속된 자들은 모두 내 정체를 알고 있어. 그자들은 내가 배신한 걸 알게 되면 그냥 있지 않을 것이다."

"당신을 살려둔 건 바로 그런 부끄러움을 알기 때문이오. 천안문회에 소속된 자들 중 중국에서 핵심 요원으로 심어놓은 세 명은 이미 제거했소. 나머지는 입을 열지 못하도록 조치할 테니 그건 걱정하지 마시오."

"정말인가?"

"조국을 위해 일하시오. 그리고 때가 되면 자진해서 국회의 원직을 그만두시오. 만약 그리하지 않으면 내 칼이 춤을 추게 될 테니 가슴속에 새겨놓으시오."

*　　*　　*

국정원과 CRSF의 정보팀이 전해준 정보를 가지고 강태산은 청룡을 움직여 외세의 앞잡이들을 하나씩 처리해 나갔다.

그중 외세에서 직접 키운 골수분자들은 직접 손을 써서 땅

속에 파묻었고, 수장급에 있는 자들은 협박과 회유를 동시에 동원해서 하나씩 외세의 족쇄에서 풀어냈다.

검찰과 경찰, 국정원도 그냥 있지 않았다.

그들의 하부 세력 중 정부 요직에 포진하고 있는 자들은 부패 혐의로 구속했고, 국회의원은 부정선거와 청탁 등을 사유로 하나씩 제거했다.

언론은 최근에 벌어진 사건들로 연일 호외를 터뜨릴 정도로 정신이 없었다.

워낙 커다란 사건들이 줄지어 터지자 언론은 하루걸러 한 번씩 대문짝만하게 구속되는 인사들의 얼굴로 일 면을 장식했다.

하지만 그것은 정부 인사나 국회의원뿐만이 아니었다.

언론 쪽과 경제계도 폭탄을 맞은 건 마찬가지였다.

끝도 없는 구속의 행렬.

때맞춰 박무현 대통령은 부정부패와의 전쟁을 선포하면서 이번 기회에 사회 전반에 걸쳐 뿌리 깊게 박혀 있는 부조리를 척결하겠다는 다짐을 국민들에게 선포했다.

국민들은 대통령의 선언에 전폭적인 지지를 했다.

더러운 물을 퍼내고 새 물로 채우겠다는 박무현 대통령의 의지를 국민들은 열렬한 박수로 응원을 보냈다.

거의 두 달간에 걸친 태풍에 대한민국이 휘청거릴 정도였으나 많은 인사들이 추풍낙엽처럼 떨어져 나갔다.

그럼에도 사회는 분열의 조짐을 보이지 않았다.

여당과 야당의 대표는 물론이고 언론에서까지 박무현 대통령의 부패 척결 의지에 대한 강한 지지 선언을 연일 발표했기 때문이다.

재밌는 것은 중국과 일본, 그리고 미국에서 박무현 대통령을 향해 민주주의를 후퇴시키는 독재자라고 격렬하게 성토했다는 것이다.

현재 구속되는 자들은 정권과 첨예하게 대립하고 있는 반대 세력에 불과한데도 부정부패 혐의를 뒤집어씌운다며 박무현 대통령을 비난했다.

외교적인 관점에서 전혀 이해되지 않은 짓이었으나 그들은 자국의 언론을 통해 공공연히 박무현 대통령을 향해 비난의 화살을 끊임없이 쏘아댔다.

"저, 이틀 후에 출장 가요."

"이번에는 어디로 가는데?"

"미국이요."

"미국 자주 가네. 저번에도 갔잖아."

"제 담당이 미주 지역이라서 그래요. 이번에도 한 보름 정도 걸릴 것 같아요."

강태산이 저녁을 먹고 거실에 모인 식구들에게 말하자 권 여사와 동생들의 표정이 좋지 않게 변했다.

현수의 대학 입학시험이 다음 주로 다가온 상황에서 강태산이 자리를 비운다는 게 마음에 걸렸기 때문이다.

그들은 강태산을 가장으로 여기고 있었다.

집안의 중요한 행사를 앞두고 가장이 집을 비운다는 건 식구들을 불안하게 만들기에 충분했다.

은정이 나선 것은 권 여사의 얼굴이 흐려지는 걸 확인한 후였다.

은정은 강태산이 민다영과 깊이 사귄다는 것을 안 후 꽤 긴 기간 열병을 앓았으나 지금은 원래의 상태로 되돌아왔다.

"하필이면 이때 가냐. 현수가 오빠 없으면 마음 약해지지 않을까?"

"걱정하지 마. 현수 그렇게 약한 애 아니야."

"오빠가 시험 볼 때까지 옆에 같이 있어주면 좋을 텐데……."

"할 수 없잖아. 내가 가기 전에 현수한테 잘하라고 말해놓을게."

"으이구, 하여간 결정적인 순간마다 도움이 안 돼요."

은정이 눈을 흘기면서 노려보자 강태산이 바보 같은 웃음을 흘렸다.

그러자 옆에 있던 은영이 신경질을 냈다.

"그렇게 웃지 말라니까. 매력 떨어진다고. 난 정말 그 사람 이해가 안 가. 우리 오빠 같은 사람이 왜 좋다는 거지?"

"그러지 마라. 나한테도 너희들이 모르는 매력이 있어."

"그게 뭔데?"

"안 가르쳐 줘."

"설마… 벌써 잤냐?"

갑작스러운 은영의 질문에 무슨 소린지 이해하지 못한 강태산이 뒤늦게 소리를 질렀다.

아무리 스스럼없이 지내는 사이지만 대놓고 이런 싸가지 없는 질문까지 하다니.

"이놈의 계집애가 별소리를 다 하네."

"그럼 우리가 모르는 오빠 매력이 뭔데? 오빠 팬티 사이즈까지 다 아는 우리가 모르는 게 뭐가 있다고 사기를 쳐?"

"카리스마."

"얼씨구."

"다영 씨는 나의 카리스마에 빠진 거야."

"이 사람이 진짜 점점 말이 안 되는 소리를 하시네요. 엄마, 엄마가 봤을 때 오빠 카리스마 있어 보여?"

"음, 태산이는 카리스마보다 부드러운 남자가 어울리지."

"거봐라. 오빠의 바보스러움에 매료되었다면 모를까, 카리스마라니 말도 안 되는 소리를 하고 계셔!"

"인마, 그런지 아닌지 물어보면 될 거 아냐."

"언제 물어봐? 얼굴도 못 봤는데."

"이모, 이번 출장 끝나고 나면 그 사람 소개시켜 줄게요. 같이 저녁이나 먹어요."

"진짜?"

"그럼요. 내가 미리 말해둘 테니까 우리 그렇게 해요."

"너 걔랑 결혼할 생각이구나?"

"너무 앞서 나가지 마시고요. 그냥 저녁이나 먹자는 얘기예요."

*　　*　　*

TCN과 JYN 측은 협약을 맺고 UFC의 방송권 입찰에 번갈아가며 단독으로 참여하는 방안을 채택했다.

UFC 측이 점점 중계료의 최저 하한선을 말도 안 되게 책정하는 걸 더 이상 두고 볼 수가 없었기 때문이다.

두 방송사는 UFC 측에 다른 나라와 똑같은 금액을 지불하겠다고 통보하면서 부당하게 방송 중계료를 책정한다면 중계를 포기하겠다고 으름장을 놨다.

어차피 강태산으로 인해 중계권 확보 전쟁이 벌어졌을 뿐

대한민국은 격투기의 불모지나 다름없었기에 UFC 측에서 끝까지 대한민국에 불공정한 중계료를 요구하면 아예 입찰에 참가하지 않겠다고 통보한 것이다.

UFC 측이 굴복한 것은 결국 자신들의 이익 때문이었다.

대한민국의 방송국들이 치열하게 경쟁할 때는 자신들 입맛에 맞게 중계료를 책정하고 훨씬 큰 금액에 팔아먹을 수 있었으나 막상 단합하고 협박을 해오자 답답해진 것은 그들이었다.

대한민국 국민은 격투기 중계를 안 보면 그만이지만 영리를 추구하는 UFC는 어떡하든 중계권을 팔아야 수익을 올릴 수 있는 프로모션이었다.

TCN이 이번 중계권을 지난번보다 훨씬 적은 금액에 딸 수 있던 것은 그런 배경이 있었기 때문이다.

양측 국장이 협약을 맺고 심지 뽑기로 순서를 정했는데 이번 휴 잭맨과의 경기는 TCN이 차지했다.

먼저 방송권을 확보한 국장은 울지도 그렇다고 웃지도 못했다.

만약 강태산이 이번 경기를 이기고 챔피언 타이틀에 도전한다면 JYN은 근래 보기 드문 대박을 터뜨리게 될 테니 낙찰을 해놓고도 기분이 찜찜해지는 걸 막을 수 없었다.

그것은 JYN의 국장도 마찬가지였다.

이번 경기는 시청률이 보장된 빅 카드였기 때문에 그의 입장에서는 가슴이 졸아들 수밖에 없었다.

강태산이 휴 잭맨에게 진다면 타이틀전은 공수표로 변하고 JYN은 쪽박을 찰 공산이 컸다.

최유진이 들어서자 국장이 다급한 목소리로 물었다.

"어떻게 됐냐?"

"승낙했어요. 우리가 제시한 조건에 응하겠대요."

"정말이냐? 그럼 우리 프로그램에 직접 출연한다는 거지?"

"네."

"역시 우리 보물! 잘했다, 잘했어!"

국장이 최유진의 어깨를 두들겨 주며 함박웃음을 지었다.

TCN은 이번 강태산의 경기를 특집으로 마련하면서 대대적으로 광고를 때리는 중이었고, 김 관장에게 비행기 표와 식사 등 각종 편의를 제공하는 조건으로 생방송에 출연해 달라고 요청했는데 그것을 승낙했다는 것이다.

하지만 최유진의 얼굴은 그리 밝지 않았다.

강태산 일행의 일정 관리를 그녀가 모두 도맡아서 하게 되었기 때문이다.

남의 손발이 되어 시중을 들면서 다닌다는 건 정말 너무나도 힘든 일이었으니 국장이 웃는다고 따라 웃을 수가 없었다.

"국장님, 정말 제가 꼭 가야 해요?"

"그럼 누가 가. 그놈이 너하고만 인터뷰하잖아. 네가 따라다니면서 시시각각 인터뷰도 하고 현장 상황을 생생하게 찍어와야 특집 방송이 살 거 아니냐."

"이미 승낙했으니까 남자 아나운서를 보내도 되잖아요. 남자들 틈에서 보름이나 지낸다는 건 보통 힘든 일이 아니라고요."

"안다, 알어. 그래서 사장님한테 이번 출장비 왕창 주자고 건의할 생각이다. 가서 네 마음대로 쓰고 와. 전부 처리해 줄테니까."

"휴우, 미치겠네요."

"유진아, 미안해. 그리고 사랑한데이."

"징그러워요. 하지 마요."

"우리 보물, 이왕 시작한 거 마지막까지 유종의 미를 거둬줘라. 알았지. 파이팅!"

*　　　*　　　*

UFC의 회장 톰슨은 사무실 문을 열고 들어오는 제프리 조던을 향해 미소를 지었다.

역시 포커페이스.

그의 미소는 사람을 대할 때마다 언제나 걸려 있는 것일 뿐 누군가를 진심으로 반가워했을 때 생기는 것이 아니었다.

"어서 오시오."

"회장님, 이거 예상보다 460의 PPV 예약 판매율이 훨씬 높게 나타나고 있습니다. 벌써 70만 건이 넘었습니다. 이대로라면 454의 200만 건과 비슷할 것 같습니다. 그리고 당일 관람석도 매진입니다. 아무래도 강태산의 효과가 큰 것 같습니다."

"그 정도란 말이오? 그놈 정말 물건이군."

"관중을 열광시키는 마력이 있는 놈입니다. 이번 460의 페더급 타이틀전보다 그놈 경기를 메인이벤트라 불러야 할 것 같습니다."

제프리 조던의 얼굴은 더없이 밝았다.

한국까지 날아가 강태산을 직접 영입한 것은 바로 그였으니 회장인 톰슨에게 이런 보고를 할 때마다 자부심이 느껴졌다.

톰슨은 그의 말을 듣고도 여전히 포근한 미소를 지은 채 조용하게 말을 이었다.

"조던, 당신이 봤을 때 이 경기는 누가 이길 것 같습니까?"

"글쎄요. 휴 잭맨이 워낙 강자라 쉽게 판단하긴 어렵군요. 하지만 강태산도 만만치 않을 겁니다. 열네 번을 싸워서 모조리 상대를 KO로 잡은 놈입니다. 그 친구의 인파이팅 능력은 최고 수준입니다."

"나는 휴 잭맨이 이긴다는 데 백 불을 걸겠소."

"왜 그렇게 판단하십니까?"

"휴 잭맨의 그라운드 기술이 대단하기 때문이오. 그의 서브미션은 세계 최고 수준이고 펀치에 대한 방어 능력도 그에 못지않아요. 맥도웰이 휴 잭맨에게 고전한 것을 봐도 충분히 알 수 있지. 비록 휴 잭맨이 졌지만 거의 대등한 경기라고 볼 수 있었소."

"하지만 그 경기는 흥행에 실패했습니다. 휴 잭맨이 바깥으로 돌다가 매번 태클을 했기 때문에 펀치를 주고받는 타격전이 거의 이루어지지 않았습니다. 관중들은 그런 경기를 결코 원하지 않습니다."

"내가 당신의 제안을 받아들여 휴 잭맨과 강태산의 경기를 승인한 것은 바로 그 때문이오."

"무슨 말씀이십니까?"

"이 경기는 휴 잭맨이 이길 가능성이 너무 커요. 강태산이 대단한 인파이터이고 세 번이나 명경기를 치렀지만 결국 휴 잭맨의 그라운드 기술에 쓰러질 겁니다. 관중들은 그때 알겠지요. 강태산 같은 대단한 인파이터도 서브미션 기술에는 꼼짝하지 못하고 당할 수밖에 없다는 것을 말이오."

"회장님은 맥도웰과 휴 잭맨의 재대결에 초점을 맞추고 계시는군요."

"그렇소. 나는 그동안 강태산의 경기 동영상을 반복해서 봤습니다. 그 친구는 관중들을 열광시키는 마력은 있지만 단점이 너무 많더군요. 무엇보다 펀치력이 약하고 서브미션 기술이 전무해서 언제라도 패배의 쓴맛을 볼 수 있어요."

"아까 말씀드린 것처럼 그의 전적은 모두 KO승뿐입니다. 서브미션 기술은 아직 보지 못했지만 펀치력이 약하다는 것은 맞지 않는 말입니다."

"진정한 하드펀처들은 단 한 방에 상대를 쓰러뜨립니다. 정타로 맞지 않아도 상대가 기절하게 만들지요. 하지만 강태산은 수없이 많은 펀치를 맞힌 후에야 KO를 이끌어냈습니다. 그는 절대 하드펀처가 아니란 뜻이오."

"회장님은 그를 버리는 카드로 쓰실 생각이군요."

"버리는 카드라고 생각하면 안 됩니다. 어차피 누군가에게 질 선수라면 나는 그 상대가 휴 잭맨이 되기를 바랄 뿐입니다. 우리는 경기가 흥행되어 돈을 버는 게 목적이니 최적의 조건을 골라야 하지 않겠소?"

"강태산이 이기면 어쩌려고 그러십니까?"

"그렇다면 두말할 필요도 없지. 정말 내가 바라는 것은 그것이니까. 나는 휴 잭맨이 이길 거라고 판단하고 있지만 강태산이 이겨주기를 간절하게 바라오."

"그건 또 무슨 생각이십니까?"

"강태산이 휴 잭맨까지 꺾어준다면 다음 라이트급 타이틀전은 정말 빅 매치가 될 것이오. 관중을 여지없이 매료시키는 그의 인파이팅 능력과 맥도웰의 면도날 같은 펀치가 맞붙는다면 정말 관중들의 피를 들끓게 만들 테니 말이오."

"결국 승부의 추는 휴 잭맨에게 기울어 있지만 회장님은 강태산의 승리를 바라고 있는군요."

"당연한 것 아니겠소. 휴 잭맨은 매우 강한 전사 중의 전사지만 상품성이 너무 적어요."

"저도 강태산이 이겨주기를 바랍니다. 그가 이번 시합에서 꺾이지 않는다면 우리는 또 한 명의 슈퍼스타를 만나게 될지도 모릅니다."

"맞는 말이오."

"강태산에 대한 처우는 최고로 준비했습니다. 호텔은 라스베이거스의 특급 호텔 그라나다로 잡았고, 돌아갈 때까지 원하는 대로 먹을 수 있도록 호텔의 음식을 무료로 제공할 것입니다."

"잘했소. 그럴 가능성은 적겠지만 휴 잭맨을 꺾어준다면 우리에게 돈다발을 안겨줄 놈이니까 서운하지 않게 다루시오. 내가 한 가지 약속하지. 그놈이 휴 잭맨을 꺾은 후 연속해서 맥도웰마저 꺾고 챔피언에까지 오른다면 당신에게 커다란 보너스를 주겠소. 최고의 선수를 스카우트한 공로를 인정해 주겠다는 뜻이오."

"오, 고맙습니다."

*　　　*　　　*

강태산은 훈련을 시작하고 두 달 동안 민다영을 두 번 만났다.

한 달에 한 번꼴이었으나 전화는 열 번이나 했으니까 예전에 비한다면 엄청나게 발전한 셈이다.

출국 전날.

출장 간다는 것을 미리 알고 있는 그녀에게서 전화가 온 것은 아침 10시경이었다.

—태산 씨, 내일 몇 시 비행기예요?

"오후 2시입니다."

—저기… 그럼 오늘 만날 수 있나요?

"오늘요?"

강태산의 반문에 잠깐 동안 침묵을 지키던 그녀의 목소리가 가늘게 흘러나왔다.

—아무래도 준비 때문에 어렵겠죠?

"매번 가는 출장이니까 준비할 건 별로 없습니다. 나가죠. 어디로 가면 됩니까?"

갑작스럽게 만나자는 그녀의 요청을 강태산은 거부하지 않았다.

지금까지 그녀가 만나자고 한 적이 한 번도 없었을 뿐만 아니라 그녀의 목소리에서 실망하는 기색을 느꼈기 때문이다.

—정말 나오실 수 있어요?

"그럼요. 몇 시에 어디로 갈까요?"

—7시 반, 서초에 있는 미스트로 와주세요.

"거기가 뭐 하는 데죠?"

—생맥줏집이에요.

그녀의 대답에 강태산의 얼굴에 쓴웃음이 떠올랐다.

하필 이때…….

생맥주라는 단어에서 그녀가 갑자기 만나자고 하는 이유를 알 것 같았다.

벌써 세 번이나 연기한 그녀 친구들과의 만남을 민다영은 오늘로 정한 게 분명했다.

내일이 출장임을 알면서도 오늘 약속을 잡은 것은 그녀 친구들의 압박이 심했기 때문일 것이다.

물론 그녀는 자신이 격투기 시합에 출전하기 위해 원정을 떠난다는 걸 몰랐으니 친구들의 협박을 어쩔 수 없이 받아들인 게 분명했다.

"멋있게 입고 가야겠군요."

—아니에요. 편하게 오셔도 돼요. 애들도 편한 복장으로 올 거니까 그렇게 해줘요.

"그건 내가 알아서 하죠."

* * *

휴 잭맨은 지금까지 상대해 온 어떤 선수보다 서브미션 기술이 월등하게 뛰어난 자였다.

브라질에서 벌어진 주짓수 선수권대회에서 3회 연속 우승한 전력이 있었고, 대부분의 시합을 그라운드에서 끝냈다.

그렇다고 타격이 약한 것도 아니었고 방어 기술도 훌륭해서 상대하기가 무척 까다로운 자였다.

두 달 동안 강태산은 휴 잭맨의 태클 방어와 그라운드에서의 대응 능력을 키우는 데 시간을 소비했다.

아무리 타격전에서 뛰어난 능력을 가졌다 해도 휴 잭맨의 거머리 같은 태클과 서브미션 기술에 걸리면 시합은 어이없게 끝날 수도 있었다.

근본적으로 그라운드 기술이 약한 것이 아니었기에 집중적으로 두 달간 서브미션 기술을 연마하자 100kg에 가까운 김만덕이 찍어 눌러도 교묘하게 뒤집어 버리는 리버스 기술과 관절 공격에 대한 방어술을 완벽하게 소화할 수 있었다.

그라운드 기술을 연마한 것은 타격전을 포기하겠다는 뜻이 아니라 만약의 사태에 대비하고 효율적으로 휴 잭맨을 때려잡기 위한 포석이었다.

두 시간의 마지막 훈련을 끝내고 옷을 갈아입은 강태산은 김만덕을 도와 짐을 챙기다가 뒤늦게 들어온 최유진으로 인해 7시가 다 되어서야 체육관을 나섰다.

최유진은 강태산 일행과 모든 일정을 같이하기로 했기 때문에 요즘 수시로 체육관을 들락거렸다.

체육관에서 서초동까지의 거리는 30분이면 충분했지만 러시아워이기 때문에 서둘러야 했다.

평소에는 파카를 입고 체육관에 다녔으나 오늘 그의 복장은 달랐다.

날카롭게 다려진 면바지에 검은색 스웨터, 그리고 무릎까지 내려오는 롱코트.

그의 키와 몸매에 어울리는 최적의 코디였다.

민다영의 체면을 위해서는 격투기 선수의 조각 같은 얼굴로 나서고 싶었지만 아마 그리되면 그녀는 자신을 알아보지 못할 테니 쓸데없는 생각에 불과했다.

얼굴을 변화시키고 왁스로 머리를 정리한 강태산은 그녀가 알려준 미스트로 들어섰다.

미스트는 생맥주를 마시면서 배도 채울 수 있는 퓨전 맥줏

집이었는데 규모가 이백 평이 넘을 정도로 큰 가게였다.

늦었다.

시계를 보자 7시 43분을 가리키고 있었다.

급하게 홀의 중앙을 향해 걸어 들어가며 민다영이 앉아 있는 곳을 찾았다.

복도를 반쯤 걸어 들어갔을 때 창가에서 세 명의 친구와 앉아 있던 민다영이 활짝 웃으며 손을 드는 것이 보였다.

*　　　*　　　*

민다영은 강태산의 말끔한 차림새를 확인하고는 행복한 표정을 지었다.

여자들의 마음은 누구나 똑같다.

자신의 남자친구가 친구들에게 멋진 남자로 비쳐지는 건 어떤 여자라도 바라는 일이다.

강태산은 오늘 작정을 한 듯 멋진 옷차림으로 나왔다.

긴 다리에서 이어지는 검은색 스웨터는 그의 멋진 몸매를 훨씬 더 강조시켰고 받쳐 입은 롱코트는 부드러운 분위기를 살려내면서 전체적인 조화를 매끄럽게 살려내는 역할을 하고 있었다.

"태산 씨, 어서 와요."

"반갑습니다. 강태산입니다."

자리에 도착한 강태산은 부드러운 미소를 지으며 그녀의 친구들에게 인사를 했다.

그러다나 잠시 범칫하며 행동을 멈췄다.

이런 제길.

사람의 운명과 인연은 지독하고 언제 어디서 무슨 일이 생길지 모른다더니 정말 하나도 틀린 말이 아니었다.

민다영의 친구 중에 들어 있는 낯익은 얼굴.

거짓말처럼 차지연이 강태산을 바라보며 반가운 웃음을 짓고 있었다.

청룡대원 중의 하나이며 유일한 홍일점 차지연.

코드네임 비너스.

강태산은 그녀가 평소 어떤 직업을 가졌는지 몰랐고 심지어 본명도 알지 못했다.

청룡의 불문율은 개인의 신상을 철저하게 비밀에 부치는 것이었으니 강태산은 그녀에 대해서 애써 알려 하지 않았다.

청룡에서 쓰는 이름이 본명이라고 생각하는 사람은 아무도 없었다.

하긴, 강태산은 대원 사이에서 그저 코드네임 청룡일 뿐 이름조차 알려지지 않은 사람이다.

아무리 우연은 순식간에 찾아온다고 했지만 여기서 차지연을 볼 줄은 꿈에도 생각하지 못했다.

하지만 강태산은 순간적으로 굳어진 얼굴을 풀고 어색한 웃음을 흘려냈다.

정말 말도 안 되는 이 상황에 저절로 입이 벌어졌으나 내색할 수는 없었다.

지금의 자신은 청룡이 아니라 여행사에 다니는 평범한 샐러리맨이었으니 차지연은 자신을 전혀 알아보지 못하고 있었다.

강태산이 당황스러움을 숨긴 채 자리에 앉자 민다영이 자연스럽게 친구들을 하나씩 소개해 줬다.

"태산 씨, 이 친구들은 제 고등학교 동창이에요. 벌써 13년이나 붙어 다녀서 가족과 같은 사람들이죠. 여기가 이세형, 그리고 차지연, 정인지라고 해요."

강태산이 피식 웃었다.

바보 같은 놈. 비밀 요원이 본명을 쓰고 다니다니.

민다영의 간단한 소개가 끝나자 강태산이 여자들에게 한 번씩 시선을 주고는 가볍게 입을 열었다.

차지연은 물론이고 이세형과 정인지도 상당한 미인이었다.

"안녕하십니까. 이제야 다영 씨가 그토록 침이 마르게 얘기하던 분들을 뵙게 되었네요. 역시 들은 대로 대단한 미인들이시군요. 반갑습니다. 강태산입니다."

"태산 씨, 우리 세 번이나 물먹었어요. 아시죠?"

"하하, 제가 사정이 있어서 약속을 지키지 못했습니다. 그렇지 않아도 다영 씨한테 혼 많이 났으니까 그만 용서해 주십시오."

왼쪽에 있던 이세형이 입술을 삐죽이자 강태산이 정중하게 고개를 숙였다.

여자들에게는 뭐든 대충 넘어가서는 안 된다.

할 때는 확실하게 엎드려 줘야 뒤끝이 남지 않는 법이니 과도할 만큼 강태산은 정중하게 사과했다.

그러자 가장 오른쪽에 앉아 있던 정인지가 끼어들며 상황을 종료시켰다.

"뭐, 맨입으로는 안 되니까 맛있는 거 사주세요. 그러면 깔끔하게 용서해 드릴게요."

"알겠습니다. 오늘 마음껏 드십시오. 사과드리는 의미로 확실하게 쏘겠습니다."

"좋아요!"

종업원을 불러 주문을 한 후 조금의 시간이 지나자 생맥주와 음식이 탁자에 놓였다.

그녀들의 심문이 시작된 것은 잔을 부딪치며 건배를 외치고 나서부터였다.

먼저 포문을 연 것은 이세형이었다.

그녀는 단발머리에 갸름한 얼굴을 지녔고 눈이 커서 남자들이 좋아할 스타일이었다.

"다영이가 지난 5년 동안 독수공방을 해서 우리가 무척 애를 태웠는데 남자친구가 생겼다는 말을 듣고 깜짝 놀랐어요. 우리는 다영이가 싱글로 인생을 마무리할까 봐 조마조마했거든요. 워낙 남자한테 관심을 두지 않아서 우리는 다영이를 석녀라고 불렀어요. 혹시 우리 다영이를 어떻게 꼬셨는지 말해 줄 수 있어요?"

"꼬신 건 아니고 서로 마음에 들어서……."

"그러니까 석녀 같던 다영이가 왜 태산 씨를 좋아하게 되었느냐고요."

"글쎄요. 그건… 저도 잘……."

"헐, 그럼 태산 씨는 다영이 어디가 그렇게 좋아요?"

"착해서 좋았습니다."

"얼굴이 예뻐서가 아니고요?"

"그건 당연한 거죠. 하지만 저는 다영 씨의 얼굴보다 착한 마음이 더 좋습니다."

마치 시험지의 모범 답안을 내놓는 것처럼 강태산이 이세형의 질문에 대답하자 일행의 얼굴이 동시에 일그러졌다.

자신들이 생각하던 답변이 아니었기 때문이다.

그랬기에 이번에는 정인지가 불쑥 물었다.

"사귄 지 몇 개월 되었어요?"

"이제 일곱 달 정도 되었습니다."

"우린 남자친구 있다는 말을 넉 달 전에 들었는데 꽤 되었네요."

"시간은 금방 흘러가더군요."

"일곱 달이라……. 그럼 진도는 어디까지 나갔어요?"

"예?"

"진도 말이에요, 진도!"

"인지 씨, 거기 생맥주 거의 비었는데 한 잔 더 시킬까요?"

"딴소리하지 말고요, 솔직히 말해봐요. 어디까지 갔어요?"

"그게……."

강태산이 말을 하지 못하고 옆에 있는 민다영을 향해 슬그머니 고개를 돌렸다.

그러자 민다영이 재미있다는 표정을 지은 채 시선을 돌린다.

뭐냐, 이거?

설마 오기 전에 따로 입을 맞춘 건가?

가만히 생각해 보니 남녀가 7개월을 사귀는 동안 한 짓이 아무것도 없었다.

우린 순수하게 사귄다고 말한다면 귀를 쫑긋 세운 채 대답을 기다리는 여자들에게 개풀 뜯어 먹는 소리로 들릴 것이다.

그랬기에 강태산은 잠시 고민하다가 태연하게 말했다.

"인지 씨가 상상하는 것보다 훨씬 더 나갔을 겁니다."

"제가 상상하는 것보다요?"

"예."

"제가 어떤 상상을 했는지 아신다는 뜻이네요?"

"사귀는 남녀를 향한 상상은 그 한계가 분명한 거니까 인지 씨의 상상도 그 범위 안에 있지 않을까요?"

참으로 묘한 답변.

아마 얼마간은 강태산을 놀려먹기 위한 질문이었을 것이다.

현대의 여성들은 표현하는 방법이 직설적이었으니 강태산을 통해 민다영과의 관계가 어느 정도인지 짐작하고 싶은 게 분명했다.

정인지의 눈이 반짝 빛났다.

직접적인 답변을 피하면서 듣는 사람으로 하여금 상상력을 불러일으키는 교묘한 화술.

물론 그녀가 생각한 상상은 하나뿐이었다.

그렇다고 처음 만난 남자에게 그것을 직접 물어볼 만큼 그녀의 얼굴은 두껍지 않았다.

"여행사에 다니신다더니 말을 아주 잘하시네요."

"칭찬 고맙습니다."

"다영아."

"왜?"

"네 남자친구가 대답을 피하니까 너한테 물어봐야겠다. 너희, 진도 어디까지 나갔니?"

"진도는 무슨… 손도 못 잡았는데……."

"헉!"

민다영이 풀썩 웃으며 답변하는 순간 강태산의 입에서 헛바람이 새어 나왔다.

설마 이런 대답을 할 것이라고는 꿈에도 생각하지 못했다.

정인지의 질문에 대답을 한 민다영은 새침한 표정으로 생맥주 잔을 만지고 있었다.

여자들이 배꼽을 잡고 웃음을 터뜨린 건 멀뚱하게 민다영을 바라보는 강태산의 표정이 너무나 우스꽝스러웠기 때문이다.

"다영 씨, 그렇다고 그렇게 말하면 어떡해요."

"왜요. 사실이잖아요."

"아니… 그게……."

"제가 거짓말 못 하는 여자란 거 잘 아시면서 그러네요."

이번에는 생맥주 잔은 들고 벌컥벌컥 마신 후 민다영이 기분 좋은 웃음을 흘려냈다.

뭐야? 그게 왜 즐겁지?

음, 이 분위기, 뭔가 이상하다.

강태산이 고민하고 있을 때 정인지가 여전히 웃음 담긴 음성으로 입을 열었다.

"태산 씨, 제 상상력을 너무 깔보신 거 아니에요?"

"…죄송합니다."

"호호호!"

여자들의 입에서 또다시 폭소가 터져 나왔다.

그녀들은 강태산을 가운데 두고 연신 즐거운 듯 웃음을 멈추지 못하고 있었다.

그동안 별로 말이 없던 차지연이 입을 연 것은 강태산이 입맛을 다시면서 생맥주 잔에 코를 박고 있을 때였다.

"강태산이란 이름, 본명이에요?"

"그렇습니다."

"여행사에 다니시는 것도 맞고요?"

"예."

"어떤 여행사에 다니세요?"

"신화여행사에 다니고 있습니다."

강태산의 대답에 차지연은 묘한 눈으로 그를 한참 동안 바라보았다.

민다영은 그녀가 전문적으로 그림을 그리는 화가라고 소개해 줬다.

화가.

비너스가 그림을 그려?

정말 인생이란 알면 알수록 재밌는 일이 많았다.

차지연의 입이 다시 열린 것은 강태산을 놀리는 데 취미가 들린 정인지가 다시 입을 열려고 할 때였다.

"태산 씨는 제가 알고 있는 사람과 묘하게 닮은 데가 있는 것 같아요."

"누구 말입니까?"

"있어요. 제가 사랑하는 사람."

"얘, 그게 무슨 소리야?"

차지연이 차분하게 가라앉은 미소를 지으며 대답하자 오히려 친구들이 난리를 피웠다.

민다영도 솔로로 지내왔지만 차지연은 그녀보다 훨씬 더한 모태솔로였기 때문이다.

그랬기에 그녀들은 질문 공세를 차지연에게로 돌렸다.

"야, 차지연. 너 그 말 정말이야?"

"응."

"정말 사랑하는 사람이 있단 말이니?"

"있어."

"뭐 하는 사람인데? 지금 어디 있어?"

"꿈속에."

"이것이! 깜짝 놀랐네. 이씨, 안 하던 농담을 해서 깜짝 놀라게 만들고 있어. 그러니까 동화는 그리지 말라고 그랬잖아. 맨날 백마 탄 왕자를 그리다 보면 그런 현상이 생겨."

정인지가 먼저 차지연을 째려보았고, 뒤이어 민다영과 이세형이 가세했다.

사랑하는 사람이 있다는 말이 그녀의 입에서 거침없이 흘러나왔을 때의 놀라움은 금방 가셨고, 대신 안타까운 시선이 그녀의 전신을 훑어나갔다.

그녀들은 차지연이 왜 남자를 안 사귀는지 이해할 수 없었다.

여자의 눈으로 봐도 차지연은 정말 매력적인 여자였다.

아름다운 외모와 완벽한 몸매, 그리고 착한 성품까지.

그녀는 남자들에게 사랑받을 수 있는 모든 조건을 갖추고 있었으나 한 번도 그녀의 입에서 남자의 이름이 나오는 것을 보지 못했다.

그랬기에 그녀들은 거의 동시에 차지연을 향해 소리를 질렀다.

"그러니까 얼른 괜찮은 남자 만나서 시집가란 말이야! 너 그러다가 잘못하면 몸에서 죽을 때 사리 나와! 여자 몸에서 나오는 사리는 악취가 풍긴다잖아! 죽을 때 그런 꼴 보이고 싶어?"

"호호, 그런 일 없을 거다. 곧 조만간에 그 남자 만날 거니까."
"이게 정말……."
"니들, 내 말을 오해했나 본데, 나 정말 사랑하는 사람 있어."
"꿈속에 있다며?"
"짝사랑이라서 그래. 하지만 곧 그 남자, 내 걸로 만들 거야. 그때가 되면 꿈속에서 현실로 나오지 않겠어?"

강태산은 민다영과 함께 그녀의 집으로 향했다.
여자들에게 둘러싸여 거의 두 시간 반 동안 심문을 당했더니 귀가 다 멍멍했지만 민다영의 집까지 데려다 달라는 요청을 거부하지 않았다.
차지연의 등장이 충격적이었으나 끝내 아무런 내색도 하지 않았다.
그녀가 사랑하는 사람.
차지연의 입이 열릴 때부터 그녀가 말하는 사람이 자신이라는 걸 짐작할 수 있었다.
청룡대원으로서의 차지연과 전혀 다른 모습으로 살아가고 있는 그녀.
그녀는 매력적이고 사랑받기에 충분했으나 여전히 꿈속에서 자신만을 생각하며 살고 있었다.
가슴이 묵직해졌으나 잊으려 애를 썼다.

끝내 자신이 그녀의 마음을 받아주지 않는다면 그녀는 어느 순간 새로운 삶을 찾아 떠나게 될 것이다.

전철을 따고 10여 분을 걸어 민다영의 집 앞에 도착했다.

그러나 그녀는 집에 들어가는 대신 또다시 예전의 그 벤치로 걸음을 옮겼다.

12월의 추운 날씨, 더군다나 10시가 훌쩍 넘은 시간이었기에 주변에는 사람들이 보이지 않았다.

“오늘 고생했어요.”

“고생은요. 재미있었습니다.”

“친구들이 그러는데, 태산 씨 착하게 보인대요.”

“웃어야 되는 건가요?”

“아뇨, 웃지 마요. 보통 잘생겼다고 이야기해야 되는데 착하다고 했으니까 그거 칭찬 아니에요.”

“그렇군요.”

“제가 진도 나가지 않았다고 말해서 당황했죠?”

“하하, 조금 놀랐어요. 다영 씨에게도 그런 유머 감각이 있을 줄 몰랐거든요.”

“유머 아니에요. 그냥 조금 화가 나서 사실을 말했을 뿐이에요.”

“화가 나서요? 왜……?”

“우린 7개월 동안 아무것도 하지 못했잖아요. 서로 좋아하는데… 아무것도…….”

민다영이 고개를 숙였다.

그런 후 아직 남아 있는 눈을 발로 문질렀다.

옆에 있던 강태산이 슬그머니 민다영의 어깨에 손을 올린 건 그녀의 발길질에 의해 눈으로 덮여 있던 땅이 맨살을 노출시킬 때였다.

어깨에 올린 손이 천천히 움직여 고개를 숙이고 있는 그녀의 얼굴 쪽으로 옮겨졌다.

그런 후 그녀의 얼굴을 자신 쪽으로 들어 올렸다.

그녀를 바라보고 있는 강태산의 얼굴에는 부드러운 미소가 가득 들어 있었다.

“그럼 우리도 지금부터 진도 나갑시다.”

『투신 강태산』 5권에 계속…

궁극의 쉐프
Ultimate chef
가프 장편소설